しんこせい
illust.
四志丸
アラサー魔術師のゆる〜い
ハーレムライフ
〜異世界と現代を行き来してのんびり暮らします〜

「ウィドウ、おかわり！」
ライザ
タイラー
魔術師兼サラリーマン
アイリス

「あいよ」
ウィドウ
ルル
エルザ
冒険者パーティー『戦乙女《ヴァルキュリア》』

少しだけ心が躍ってくる。
果たして今の俺にどこまでできるのか、
わくわくする気持ちを抑えられない。

アラサー魔術師の
ゆる〜い
ハーレムライフ
〜異世界と現代を
行き来して
のんびり暮らします〜
しんこせい
illust.四志丸

CONTENTS

プロローグ

「まったく困るよぉ鏡君、君は本当にコードの書き方が……このままじゃ納期が……」

ガミガミ、ガミガミと言いつのる上司の三田課長の言葉を右から左へと聞き流す。

全体の進捗管理もできないくせによく言うよ。

お前がこうやって意味のない説教をして無駄にした時間は、チーム全体でカバーしなくちゃいけないんだぞ。

納期はたしか……一週間後だよな。

あーあ、今日は終電前には帰れるかな……。

――社会に出てから知ったことは、社会というのは学校と大して変わらないということだった。

結局のところ、一番大切なのは純粋に仕事のできる能力ではなく、よりコミュニケーションを上手く取れること。

仕事ができるやつよりも上司に気に入られるやつが勝ち、誰からも好かれるか誰からも嫌われないやつが出世をしていくというつまらない事実。

俺、鏡平《かがみたいら》は昔から勉強ができた。

いや、勉強はできたといった方がいいかもしれない。

人から言われたことや、出された課題をこなすことは得意だ。

忍耐力や集中力もある方だから、受験だって問題なく突破できた。

知的探究心も強い方だと思う。

気になったことがあれば夜通し調べているのも苦にならないし、知りたいもののためなら金も時間も惜しんだことはない。

けどこの日本社会に致命的に不向きなことに、俺は人付き合いというのが大の苦手だった。人付き合いには答えがない。

何冊か本を読み、ある程度受け答えをパターン化したおかげで無難な回答はできる。

だけど仲良くなり、付き合い続けるうちにぼろが出るから、友達もほとんどいない。

サークル選びに失敗し、就職活動にも失敗し……今では立派な社畜だ。

コードも書けない課長に、コードが美しくないと怒られる毎日。

まあこんな生活にも、もう慣れた。

俺は課長に叱られないよう一瞬だけ時計を見てから、今日のお昼に何を食べるのかを考えだす……。

結局、今日は七時までの残業でなんとかなった。

うちのエースである五反田が三人分の仕事をしてくれたおかげで、絶対に間に合わない進捗をギリギリ間に合わない進捗に変えてくれたからだ。

……冷静に考えておかしいだろ。普通にできる量の仕事を振ってくれよ。

家に帰るための電車に揺られていく。

帰宅ラッシュを終えた後の少し空いた私鉄は、考え事をするのにもってこいだ。

つり革を握りながら外を見ると、綺麗な夜景と一緒に見たくもないくたびれた自分の姿が見えてくる。

（俺、このままの生活でいいのかな……）

年収は四百万。

額面で見るとそこまで悪くないが、この労働形態でこれしかもらえていないことを考えるとブラックの部類だろう。

住んでいるのは主要の駅の一つ隣の１Ｋ。

家賃は六万で、そこに水道光熱費やスマホ代、インターネット代なんかも足せば合わせて八万。

自炊する体力は残ってないからコンビニ飯か外食で済ませるし、食費だって馬鹿にならない。

こんな状況じゃ、ボーナス以外で貯金をすることも難しい。

実家暮らしが最強と言っていた同僚の気持ちもよくわかる。

俺も実家が東京神奈川あたりにあれば、あいつみたく実家に甘えて好きなように金が使えてたんだろうなぁ。

全体で見ると、可もなく不可もなく。

名は体を表すかのように、俺の生活は世間一般の想像する普通そのものだった。

（はぁ……肩重……）

ここ最近、身体の芯の方にある疲れが取れない。

自分の身体が自分のものじゃないような違和感があって、どうにも体調が優れない。

なんだかおかしいのだ。

まるで本来俺が居る場所は、ここじゃないとでも言うみたいに……。

——きっと必要だったのは、何か些細なとっかかりだったのだと思う。

大きなイベントごとなんてものは必要なく、小さなきっかけ一つあれば動き出すものだったのだ。

最寄り駅について、エスカレーターを上っていく。

スマホをいじる手を止めて、なんとなくガラス製の窓越しに景色を見つめる。

向こう側に見えたのは、派手な電飾の光る激辛ラーメン屋。

舌に感じるのは、ビリリという幻痛。

うまみとも痛みとも言いづらいあの感覚がよみがえってきた瞬間……俺の記憶の蓋が、外れた。

「そういえば俺、魔術師だったわ」

ぶわっと前世の記憶がよみがえり、思わずつぶやく。

エスカレーターに乗っていたので、当然ながら前には人がいる。

短いスカートを穿いている女性は、少しだけ身体を震わせてからスマホに視線を固定させていた。

ああ……完全にヤバいやつだと思われたな。

いや、もしかすると本当にヤバいやつなのかもしれないぞ。

家に戻り、洗面台へ。

日課である手洗いうがいをするために蛇口をひねろうとして……止める。

試してみるか。

この記憶が俺の作った妄想なのか、それとも現実にあったことなのか。

「クリエイトウォーター……っと、多い多い！」

手を上に向けていたのと、久しぶりに魔法を使うから加減がわからなくなっていたのが相まって、噴水のように手のひらから水があふれ出してくる。

勢いが強くて、かなり手を下げないと洗面台の壁を越えてしまいそうだ。

冷静に考えて手を逆向きにすりゃあいいじゃんと気付く。

コップに水を入れ、うがいをした。

濡れた手にハンドソープをつけてから、再度クリエイトウォーターの魔法を使う。

水を出している方の手はそのまま綺麗にできないので、ちょっと面倒だ。

前世では結構ありがたがられた気がするんだが、現代社会だとなんだか微妙な能力だな……。

激辛カップ麺を開け、俺が魔法で作った湯を入れる。

これも電気ケトルで事足りるな……恐ろしいぜ、現代社会。

三分待たずに、二分半で少し固めの麺を食べる。

「か、辛っ！　まずっ！　おえっ！」

俺は辛いものが大嫌いで、大の苦手だ。

だがなぜか、時折辛いものを衝動的に食べたくなる時があった。

その理由がさっきようやくわかった。

前世の俺は、辛いものが大好きだったのだ。

とある出来事をきっかけに辛さに目覚めた前世の俺は、今と同じようにヒーヒー言いながら辛いものばかりを食べていた。

記憶はなくなっていたとはいえ、前世の好みって現世にも関わるんだなぁ。

なんとかしてラーメンを食べきってスープをシンクに捨ててから、一息。

右の人差し指に魔力を込めてやると、ボッと小さな炎が灯った。

魔力の流れがよどみなく、一本の線に電流を通すように素直に魔法が発動する。

明らかに前世の頃と比べても、魔力操作が巧みになっている。

それにどうやら、魔力量もずいぶんと増えているようだ。

「うーん、だがどうしたもんかな……」

魔法が使えるというのはなかなかどうして悪くない。

俺しか持ってない力って、なんかロマンがあるし。

いいのだが……この力、果たして使う時が来るのだろうか？

どうやら俺の魔法の力は前世と比べて強力になっているらしいが、使うタイミングがない。

魔物被害や隣国との戦争もない平和な日本では、完全に無用の長物だ。

大して独創性もない俺では、いいところびっくり人間としてインフルエンサーになる程度しか思いつかない。

だが力がバレて、どこぞの研究機関に連れてかれるのなんざ、まっぴらごめんだ。

裏で秘密結社とかを作れたりするほど、コミュニケーション能力もないし。

……うん、決めた。

とりあえずこの力は封印しておこう。

使うことによるデメリットがあまりにもデカすぎる。

「なんというか……妙にリアルだな……」

魔法が使えても使わない方がいいというあまりにもつまらない現実を前にしてくずおれる。便利すぎる現代社会の前では、魔法技術などさしてすごいものでもない。

高度に発展した科学技術は、もはや魔法と遜色がないのだ……。

「ちょっと待てよ」

ものまねとかではなく、純粋に立ち止まって考えてみる。

つまりは発想の転換だ。

こちらで魔法が使えないというのなら、あちらで使えばいい。

何せ俺は、全属性の魔法を使えるようになって初めて使用が解禁される、星魔法の使い手。

それに俺が前世で研究していたのは、魂と肉体の量的な移動についてだ。

もしかすると……。

「テレポート」

魔法を発動させると、視界が一瞬で切り替わる。

目の前に広がっているのは、かつて慣れ親しんでいた部屋の中。

見慣れているはずなのに、どこか新鮮さを感じさせる……前世の俺の部屋だった。

「普通に帰ってこれたな……」

使い古された椅子の上には、一体の骸骨が座っている。

両手の指先にはギラギラと指輪をつけていて、膝の上には七色に光る宝玉をはめ込んだ杖がある。

どれもが一級品の魔道具で、中には俺が手ずから制作したものもある。

「うん、品質維持の魔法はかかったままだな」

この屋敷はひっそりとした郊外に建っている。

俺が死んでから、持っていたもの全てが朽ちるのは忍びないと、家全体に品質維持の魔法をかけていた。

そのためぐるりと回ってみても、そのどれもが死ぬ前に見たものとまったく変わっていない。

ただ正直盗られていると思っていたから、中身が完全に無事で少し驚いてすらいる。

俺の実力は、客観的に見て上の下。

一応上澄みには入っていたが、超一流の連中であれば屋敷内に仕掛けられた罠の解除も可能だし、屋敷の外に配置している魔導ゴーレムも倒せてしまうはずだ。

とりあえず指輪を手に付け直し、杖を持つ。

そして骸骨の着ているローブを羽織った。

なんとなく、黙祷を捧げる。

ありがとう前世の俺。とりあえず、ありがたく使わせてもらいます。

屋敷の中で使えそうなものを、かたっぱしから収納袋に入れていく。

背嚢型のこの魔道具は、以前師匠に作ってもらった、容量がほぼ無制限のとんでもない代物だ。

「そういえば師匠、生きてるのかな……」

俺が死んでから、こっちの世界――ディスグラドでどれくらいの月日が経っているんだろう。

あの人は長命なエルフだったから、百年くらいなら今も生きていると思うけど……。

あとでちょっと調べてみるか。幸い、時間ならあるしな。

「週末にまた来よう。平日に異世界に来ても、明日のことを考えて散策すらできないのが、社畜のつらいところだよな……」

……待てよ？

転移魔法でこっちにこれたんだし、もういっそのこと異世界で生きていってもいいのでは？

いや、それだとちょっとマズいか。

何せオタク文化にどっぷり浸かり、現代日本の美食に慣れ親しんだ俺が完全にこっちの世界に染まれるかは怪しい。

俺の記憶でもこっちの飯はかなりマズかったし、それに魔物が出たりして結構物騒だ。

その分魔法を使う機会も多いから、どっちがいいとも一概には言えないけどさ。

それに俺はあっちの世界に普通に両親いるし。

ある程度生活基盤を作ったら、父さんと母さん、こっちの世界に連れてきてみようかな。

そんなことを思いながら俺は再び地球へと戻り、明日のプレゼンのための資料作成に戻るのだった……。


「なんだい平君、君本気で言ってるのかね？　せっかくの正社員待遇なのにいいの？　契約社員になりたいだなんて……」

「まあ、いいです。やりたいこと、見つかったんで」

少し悩んだ末、俺は正社員を辞めて契約社員としてテレワークで働くことにした。

完全に異世界に移住するのも色々と不便だし、こっちでガチガチに正社員で働くとディスグラドに行く時間が取れない。

異世界での生活もこっちの生活も捨てがたいため、両取りしたい俺が出した結論だった。

「しっかし……ノマドっていうのかい？　最近の若い子は変わってるねぇ。普通もっとガシガシ働いて稼ぎたいと思うもんじゃないかね」

「ちょっと田舎の方でのんびりと仕事したいなと思いまして。お金は……まあ最低限でいいんで」

「はぁ、欲がないんだな……どのあたりなんだ？　限界集落とかだと、タダで家を借りられると聞いたことがある」

なぜか課長は田舎移住に関する詳しい知識を持っていた。

もしかすると老後、郊外とかで暮らしたいと思っているのかもしれないな。

前世の記憶を取り戻して少し余裕が出てきたからか、課長の相手をするのも前ほど嫌ではなくなっていた。

そんな自分に驚きながら、窓の外の都会のビル群に目を向ける。

「すごく遠くの……物騒な場所ですよ」

「ああたしかに、野山だとイノシシとか出るっていうものな」

苦笑しながら答える俺に、うんうんと頷く課長。

ホントのことなんか言えるはずがない。

……イノシシなんか目じゃないくらい物騒な魔物達が出てくる異世界だ、なんてさ。


「ボオオオオオッッ‼」

迫ってくるのは、豚の顔をした二足歩行の魔物であるオークだ。

ドスドスと足音を立てながら歩くその体躯は軽く二メートルを超えており、その横幅も俺二人分くらいはある。

脂肪の層も厚いが、棍棒を持った右腕に走る血管の脈動を見れば、その下にはみっちりと筋肉が詰まっていることがわかる。

走る速度もアスリート並に速いし、社会人生活を続けて貧弱になった俺とは比べものにならない身体能力だ。

まあ、別に問題ないんだけどな。

「ストーンバレット」

前方にこぶし大の土の弾丸を射出する。

高速で放たれた一撃は見事オークの頭を貫通し、一瞬で絶命させた。

頭に大きな穴が空いたオークの身体が、そのまま地面に沈む。

土魔法が四属性の中で一番コスパがいいため、この程度の魔法では魔力はほとんど減らない。

地味だけど好きだぜ、土魔法。

「面倒だが、血抜きをするか……」

オークの四肢をロープで引っ張ってから、木に引っかけてひっくり返す。

血抜きが適当だと味がイマイチなのは、日本もディスグラドも一緒だ。

前に食ったレストランの、血抜きが甘いせいで妙な味のする鶏肉、マズかったな……。

しばらく血を抜いてから解体し、ブロックにわけていく。

ちらちらと周囲を見てからそっと取り出したのは、１００均で買った安物のラップだ。

売らない分をラップで巻いてから水魔法を使って凍らせ、収納袋の中に入れていく。簡易的な冷凍庫だ。

収納袋の中だと時間経過が非常に緩やかなものになるため、これで三ヶ月程度なら保つ。

「ふぅ、魔法と文明の利器に感謝だな」

そして俺は今回肉屋に卸す分のオークの肉を収納袋に入れ、最後にオークの胸にある魔石を採取して腰に提げたポシェットに入れる。

もちろんポシェットは現代のものではなく、その辺の雑貨屋で買ったものだ。

あ、ちなみに魔石っていうのは魔物から採れるエネルギー源のことだ。

基本的に魔道具は魔石を消費して使う。

日常生活でわりと必須な点火の魔道具や水を出す魔道具なんかも、魔石がなくては動かない。

そのため魔石というのは、常に需要が供給を上回っている。

一応使用者や大気から魔力を吸収する吸魔機構なんてものもあるんだが、それを作るために必要な素材や触媒が多いため、あまり使われてはいない。

冒険者なんていう荒くれ者が未だ街での活動を許されているのは、彼らが生活必需品を取ってきてくれるからというのも、非常に大きいのだ。

「さて、帰るか」

そう、そしてこの俺――タイラーもまた、そんな冒険者の一人だ。

前世の記憶を思い出してから三ヶ月ほど。

俺はわりと、この世界に馴染みつつあった。

俺が一週間の半分近くを過ごしている街は、その名をイラという。

辺境にある、大きくもなければ小さくもない街だ。

近くにはある程度魔物も出現するため、そこそこに冒険者の活動も盛んな場所だ。

俺はとある理由からこの街を選び、ほどほどに活躍をしていた。

「ほい、オークの魔石」

「ありがとうございます、タイラーさん」

ギルドに行き、オークの討伐依頼の完遂を報告しにいく。

ぶっちゃけ魔石を売るだけなら魔道具店に売った方が高いんだが、討伐依頼の報酬を考えるとギルドに卸した方が金になるようにできている。

まるで事前に取り決めしてあるかのような価格設定だし実際談合とかしてるだろうから、現代ならカルテルとかで訴えられてると思う。

「タイラーさんはずっとソロでやっていくつもりなんですか？」

「どうしたんだよ、藪から棒に」

「ヤブカラボウ……？」

あ、またやっちまった。

つい出てしまった日本語を、なんでもないとごまかす。

こんな風に日本の慣用句を使うと、ディスグラドでは通じないことも多い。

自動翻訳されたりするわけじゃないから、言い回しを考えなくちゃいけないのはちょっと面倒だったりする。

「ああすまん、なんでもない。俺は……今のところソロをやめるつもりはないかな。何せ気楽だし」

「タイラーさんのような優秀な魔術師の方には、是非パーティーを組んで、もっとランクを上げていただきたいのですが……」

「ランク上げにはまったく興味がなくてね。俺はほどほどの暮らしがしたいだけだから」

「欲のないことですね、もったいない……」

受付嬢の残念な人を見るような目を軽く受け流しながら、もらった報酬をポケットに突っ込む。

冒険者にはランクがあり、鉄、銅、銀、金、ミスリル、オリハルコンの順に上がっていく。

俺のランクは銀。

強さ的には中の上くらいで、ベテランならまあなれるかなってくらいのランクだ。

ちなみにこれ以上ランクを上げるつもりがないため、あまり強い魔物を倒しすぎないようにしている。

俺は日本とディスグラドを行き来する上で、ある信条を立てた。

それはとにかく、目立ち過ぎないこと。

日本で異世界グッズを使ってる姿が監視カメラに映れば一発アウトだし、現代文明によって生み出された便利グッズを魔道具と言い続けるのには流石に限界がある。

そのため現代日本の文明の利器は基本的に人に見えないところでしか使わないし、前世の頃に俺が使っていた魔道具や魔法触媒も今は一つも身に付けていない。

あれ、今だとかなり高級品になってるみたいだからな。

一見するとボロにしか見えないから、ローブだけは使ってるけど。

（しっかし三百年かぁ……国が残ってたのは嬉しいけど、知り合いに会ったりするのは難しいだろうなぁ）

前世の俺がこの世界で死んでから、既に三百年もの時間が経過していた。

当時生きていた俺の魔術師仲間は、誰一人として生きてはいないだろう。

長命のエルフでも、寿命は二百年ちょいだしな。

それを知った時は少しだけ悲しかったけど、今はもう気持ちの整理も付いている。

どっかで一度、墓参りくらいはしてもいいかなって思うくらいには。

この三百年の間、俺が前世の時に生きていたキャメロン王国は地図から消えていなかった。イラもキャメロン王国の一領土である。領主の名前は……なんて言ったかな、ど忘れしたわ。

以前のように魔物との戦いがさほど激しくないからか、魔法や魔道具のレベルは明らかに落ちている。

そのせいで当時としても高級品だった俺の私物は、使えば目立ちすぎてしまう。

そのためそのほとんどを、死蔵する羽目になっている。

まともに使ってるのは収納袋とローブだけだ。

若者の魔法離れ、悲しいね……。

「それじゃあな～」

「あ、ちょっとタイラーさん！」

受付嬢のミーシャの勧誘を軽く受け流しながら、ギルドを後にする。

ギルドとしては一人で魔物を狩ってこれる俺の実力を遊ばせておきたくないらしいが……悪いな、俺はずっと遊んでいたいのだ。

心はずっと少年だからな。

ギルドを出たら、次に向かうのは肉屋だ。

肉体労働者が多く濃い味付け肉が好まれるこの場所では、わりとすぐに駄目になる生肉には高い需要がある。

「よぉおっちゃん、オーク肉売りに来たぜ」

「おぉ助かるぜ。それとおっちゃんじゃなくて、お兄さんな？」

オーク肉を馴染みの肉屋のおっちゃんのところで売り払う。

普通のリュックでも入れられる量の肉を取り出してから、換金してもらう。

すると今日の稼ぎは、しめて銀貨二枚と銅貨五枚になった。

宿屋の宿泊費が銅貨五枚だから、宿泊するだけなら五泊はいける。

諸々の生活費も込みだと、まあ三日生きていけるくらいだろうか。

宿泊している宿屋に向かうと、入り口のところには看板娘のアンナが立っていた。

長髪のブロンドが似合う、かわいらしい女の子だ。

「んしょ、んしょ……」

中腰になって何かやっていると思ったら、どうやらほうきを使って入り口付近の落ち葉を一カ所に集めているようだ。

「お疲れさまです、タイラーさん」

「おおアンナ、精が出るな」

俺が泊まっているのは、『可能亭』という宿屋だ。

素泊まりだけなら銅貨五枚。泊まれる部屋は、この価格帯にしては異常なほどに手入れが行き届いている。

というのもこの宿屋は飯やお湯なんかのオプションをつけて、一泊銀貨一枚くらいで泊まるのが普通だからだ。

だが俺はガチで素泊まりしかしないため、銅貨五枚で部屋だけを借りさせてもらっている。

向こうからしたら明らかにシブ客だと思うのだが、アンナはそれでも嫌な顔一つせずに笑顔で受け答えをしてくれる。

その笑顔、プライスレス。

でもオプションを付ける気はあまりない。

目立ちすぎないように活動しようとすると、そんなに金が稼げないのよ……。

だが流石に俺にも良心がある。

なので還元は、オプション以外のことでするとしよう。

「手伝うよ」

せめてものお礼ということで、アンナの落ち葉集めを手伝っていく。

風魔法を使って落ち葉を一箇所に集め、その上に四角い覆いを作る。

四方を囲んでからまず上側を開き、ついでに前の側に落ち葉を足せるように穴を作った。

「一瞬で掃除終わっちゃいました！　やっぱり魔術師さんはすごいですね！　うちにも一人ほしいです！」

「そんな家電みたいに」

「カデン……？　ていうか、何してるんですか？」

首をかしげているアンナに笑いかける。

俺が作った即席調理場を見て、更に首の角度が上がる。

「なに、せっかくだからＢＢＱでもするかと思ってな」

落ち葉を燃やせるように、少し火力高めで火魔法を使う。

収納袋から金網を取り出して、燃えている落ち葉の上に来るように固定させる。

そしてその上に、今日の食事用に残していた分厚いオーク肉を載せていく。

「今日獲ったオークの肉だ。もしよければ、一緒に食べるか？」

「はい、食べます！　オークのお肉、おいしいですよね！」

オーク肉のステーキはアンナには少しハードだと思ったので、風魔法で細かく切ったオーク肉を鉄串で刺し、肉串にしてあげることにした。

肉を焼きながら軽く塩を振っていく。

オーク肉の味はかなり豚に近いため、食中毒はちと怖い。よく焼いておかないとな。

両面をこんがり焼いたら再度塩を振る。

俺はステーキを切り分けて口に運び、アンナはオークの肉串に控えめにかぶりついた。

「おいしいぃ～、しわわふぇれふ～」

「脂がかなり乗ってるんだが、不思議とクドくない。良い肉だよなぁ、本当に」

食べ進める手は止まらず、あっという間に一枚たいらげてしまった。

年を取ったからか、ここ最近脂っぽい成型肉は受け付けなくなってきているが、そんな俺でもぺろりと食べられてしまう。

例えるなら、脂がしつこくないアグー豚とかイベリコ豚みたいな感じだ。

日本でこれと同じクオリティのものを食べようとすれば、間違いなく一葉さんが飛んでいくことだろう。

「よし、二枚目行くから焼いておいてくれ」

「はいっ、任せてください！」

同じく串を食べきっていたアンナに火加減を任せ、俺は収納袋からとあるものを取り出した。

「それ、水筒ですか？」

「もっといいものだぞ、ふふふ……」

怪しい笑みをこぼしながら、水筒を軽く振る。そして蓋を開いて匂いを嗅げば、慣れ親しんだ香辛料やフルーツの混じった、玄妙な香りがした。

「肉にこいつを付けて食べてみな、飛ぶぞ……」

「飛んでいっちゃうくらいに美味しいってことですね……ごくり……」

俺が取り出したのは、焼き肉のタレだ。

向こうではワンコインで買えるタレでも、塩と香草くらいしかまともに調味料のないこの世界では金貨にも勝る価値がある。

もちろん売ったら足が付くから、個人的に楽しむだけだ。

アンナには……まあ幸せのお裾分けってことで。

「な……なんですかこれっ！　甘くて……しょっぱくて……いくつもの味が複雑に絡み合ってます！」

「ふふっ、これは我が家に伝わる秘伝のタレでな……あまり量は作れないんだが、なかなかいいだろう」

アンナは目を白黒させながら一心不乱に肉を食べていた。

どうやら焼き肉のタレの魔力に完全にとりつかれてしまったらしく、既に三本目の串に手が届こうとしている。

俺はそんなアンナを尻目に、また別の水筒を取り出してステーキにかけていく。

近場のステーキ屋さんで買った、ガーリックオニオンソースだ。

「やっぱりニンニクが利いてると肉の臭みが完全になくなるよなぁ……」

匂いに気付いたアンナに一口分けてあげてから、俺は彼女に残酷な真実を教えてやることにした。

「これを食べると、めちゃくちゃ口が臭くなるんだよ」

「なっ――なんてもの食べさせるんですか⁉」

「でも美味しいだろう」

「悔しい……でも食べちゃうっ！　……（もぐもぐもぐもぐ）」

旨みと企業努力に耐えきることができず、オーク肉の前に屈してしまうアンナ。

果たして彼女の明日はどっちだ？

つい前世の記憶から衝動的に激辛ソースに手を伸ばして舌がおかしくなったり。

それをアンナに食べさせると案外彼女は辛いの平気だということが判明したり。

わいわいと二人で騒ぎながら野外ＢＢＱを楽しんでいるうちに、あっという間に時間が過ぎていく。

ちなみに別れ際、アンナは完全にニンニクの虜になっていた。

恐らく彼女はもう、ニンニクなしでは生きていけないだろう。

こんな風に俺の日々は、だるーっとした感じで続いていく。

何か大きな事件が起こるわけじゃないが……こんな異世界生活も、なかなかどうして悪くない。

第一章
銀ランク冒険者タイラーの日常

「はい、それではゴブリンの討伐報酬と魔石、合わせて銀貨一枚と銅貨三枚になります」

「うぃ～」

　依頼をこなし、ギルドで依頼達成の報告を行う。

　基本的に冒険者の依頼達成に関しては自己申告制だが、虚偽の報告というのはほとんどない。

　もし発覚した場合、一発でギルドカードを没収されるようなペナルティを課されることだってある。

　冒険者というのは大抵、力があるだけのろくでなしなので、これ以外の食い扶持がない奴らがほとんど。

　だからそんな馬鹿なことはしないのだ。

「タイラーさん、一杯飲んでいきませんか？」

「遠慮しとくよ、ギルド併設の酒場は高い」

「ちぇっ、タイラーさんのケチ」

　冒険者ギルドには大抵の場合、受付カウンターからさほど離れていないところに酒場が併設されている。

　ギルドの酒場は基本的に酒も飯も、余所の食堂と比べると微妙に高いから俺はあまり利用しない。だが俺みたいなやつは、実は冒険者全体で見るとかなりの少数派だ。

　というのもこの酒場、ウェイターもウェイトレスも、明らかに顔選抜してるだろってくらいの美男美女揃いなのである。

　そのため依頼を達成して気持ちが大きくなっている冒険者達は、コロッと彼らに転がされてしまうわけだ。

　チップを上げたり酒を飲ませたりもするから、純粋な酒場というより冒険者ギルドがやってるコンカフェみたいな感じと言えばわかりやすいかもしれない。

　報酬を受け取って財布の紐が緩くなっている冒険者達を的確に狙うギルドの魂胆が透けて見えて、なんか冷めちゃうんだよな……。

　だがこんな俺でも、ギルドの酒場を利用する時がまったくないわけではない。

「おっ、アースボアーのステーキ銅貨二枚じゃん。前言撤回、ここで食べてくわ」

「毎度あり〜、チップくれてもいいよ？」

「考えとく」

「あはは、絶対くれない人の言葉〜」

　それはギルドが買い取りすぎて余っている魔物の肉がだぶついている時だ。

　とにかく大量の魔物素材を解体しては卸していく冒険者ギルドには、当然ながら大量の素材が集まる。

　その中には、生ものなせいで時間制限があったり、大量発生したせいで処分しきれないようなものも定期的に出てくる。

それらがそろそろ処理しきれなくてヤバいとなってくると、在庫処分よろしく魔物なんかの肉料理が格安で食べることができるのだ。

ケチと言うなかれ。

これも立派なライフハックである。

料理を頼み、テーブルを見渡す。

お一人様っていうのも寂しいし、適当に知り合いでも探すか。

図体のデカい見知った禿げ頭が見えたので、空いている椅子に座らせてもらう。

「よぉ、タイラーじゃねぇか」

「おーマッガス、景気はどうだ？」

「今日は狩ってきた赤オークが金貨三枚で捌けたから、まあぼちぼちだな！」

上機嫌にエールを飲み干しているのは、斧使いのマッガスだ。

初対面の子供ならまず間違いなく泣き出してしまうほどの強面の大男である。

その身長は二メートルを軽く超えており、とにかく縦にも横にもデカい。

なんでも、かつて戦闘の化身と勇名を馳せた巨人族の血を引いているからなんだとか。

腕が俺の胴ほどもあるゴリゴリの前衛職で、ランクは俺の一つ上の金だ。

見た目はめちゃくちゃ物騒だが、案外優しいところもあるやつで、イラの街にやって来てからは色々と面倒を見てもらったりもしている。

恩人兼悪友のような、立ち位置の難しい男である。

「しっかしタイラー、お前はやっぱり変なやつだよなぁ」

「どこがだ？　俺ほど常識を持ち合わせた魔術師はそうはいないはずだが」

「お前魔術師なのに、なんでソロでゴブリン退治なんかやってんだよ」

「……そんなの個人の勝手だろ。俺はほどほどに生きていきたいんだよ」

魔術師というのは、冒険者界隈では結構重宝される。

まあ、一人居るだけで色々と便利だからな。

ある程度の魔術師なら強弓の射手よりも強烈な遠距離攻撃を放てるし、わざわざ魔道具や魔石を持ち運ぶ必要がなくなるため、パーティーの荷にも大分余裕ができる。

今まで何度か同業者から勧誘を受けたこともあるが、『俺は便利屋じゃない』と言って、その全てを断っている。

誰かといると本気の装備もつけられないし、現代アイテムも使えないし、めちゃくちゃ不便だからな……。

それにぶっちゃけ、抱えている秘密が多すぎるから、一人の方が圧倒的に気楽なのである。

そんな風にそっけない態度ばかり取っているため、中にはお高く止まった魔術師と俺を揶揄する奴らもいると聞く。

マッガスはそんな風にあまり馴れ合わない俺にも適度な距離感で接してくれるから、非常に付き合いやすいのだ。

なので頼まれた時なんかは、依頼を一緒にこなしたりすることもある。

「ほら、奢ってやるからお前も飲めよ」

「それなら遠慮なく」

十分な稼ぎが得られたらしいマッガスにエールをもらい、ちびちびと飲んでいく。

気付けば食え食えとせき立てられ、食事まで奢ってもらうことになっていた。

エールはぬるくてマズいが……こういう場は、嫌いじゃない。

酒も飲んで気分も良くなってきた。

もらってばかりでは悪いと言うことで、俺もリュックの中から木の容器を取り出す。

空になったエールのジョッキに注ぐのは、琥珀色の液体——ウィスキーだ。

飲みニケーション文化が盛んな冒険者という仕事柄、俺は常にウィスキーを持ち歩くようにしている。

貴重な酒には目がない野郎共は、こいつを振る舞うと色々と便宜を図ってくれるからだ。

ちなみに俺は酒に弱いため、こうして時折誰かに振る舞わないとまったく中身は減っていかない。

「マッガス、これ飲んでいいぞ」

「それは……まさかウィスキーかっ⁉」

「誰にも言うなよ」

「あ、当たり前だろうっ。こんな貴重な酒、誰にも渡さねぇよ！」

こそこそと小声になり、デカい図体を縮こまらせながら、ウィスキーをストレートで飲み始める。

一応ちびちび飲んではいるんだが、巨体のちびちびは普通でいうところのごくごくだったらしく、あっという間に飲み干してしまった。

相変わらずこいつは酒強いな……。

さっきより気持ち顔が赤くなったマッガスが立ち上がり、出口を指さした。

「よし、二軒目行くぞタイラー！」

「しゃあないな……お前のおごりな？」

「ああ、さっきの礼だ、今日は朝まで飲むぞ！」

俺はあれだけ酒を飲んでもまだ足取りがしっかりとしているマッガスを見て苦笑しながら、二軒目の酒場へと向かうのだった——。

俺は現在、週三でテレワークをする契約社員という雇用形態で会社に残っている。

仕事をどこでやってもいいため、他の奴らからはノマドと言われ羨ましがられることも多い。

だがこれは現代日本の悪いところというか……俺はなぜか、定期的に出社しなければならない義務を負わされていた。

なんでも上の方の人間が、進捗状況を確認するためには直接顔を合わせるのが一番いいと言い出したのが原因らしい。

課長の理不尽な説教を適当に聞き流し、申し訳なさそうな顔をしながらあくびをかみ殺すという社畜御用達のテクニックを使い、なんとか進捗報告を終える。

部下を詰めるための部屋と化している応接室を出ると、皆は以前と何一つ変わらず業務に勤しんでいた。

すると視界に、以前俺が使っていた机が見える。

そういえば、しばらくは中途を入れるつもりはないって言ってたな。

せっかく来たんだし、定時くらいまではオフィスで仕事やってくか。

現在は大きめのプロジェクトを終えたばかりなので、基本的に定時上がりが可能になっている。

さっさと家に帰ろうとすると、見知った顔が目の前に現れた。

「鏡さん、お久しぶりです。もしよければ飲みにでもいきませんか？」

「ああ、いいぞ」

金髪を逆立てて不良少年みたいな見た目をしているこの男こそ、うちのエースの五反田だ。うちの会社は髪や見た目の縛りはかなり緩いので、社員もわりと見た目は好きなようにしている。

俺より一期下なので後輩なんだが、俺が正社員をしていた時も既にあり得ない量の仕事を任されていた。

体育系上がりの理系で、学生の頃から技術系の同人誌を出しているコンピューターヲタクだったらしく、仕事がとにかく速い。

誇張なく常に二人分以上の仕事をしているから、五反田には他の奴らの倍の給料は上げてもバチは当たらないと思う。

　というわけで、俺の行きつけの居酒屋（めちゃめちゃチェーン店）に行くことになった。

「鏡さん、ぶっちゃけテレワークってどうですか？」

「楽だな、とにかくそれに尽きる」

「いいっすねぇ、ワークライフバランスを重視する生き方が、鏡さんっぽいです」

「どれだけ褒めてもワリカンだからな」

「ちぇっ、ケチんぼだ、鏡さん」

「金がないんだよ……いや本当に」

「またまたぁ……急に辞めましたし、実はおじいちゃんの莫大な遺産とか入ってきて、悠々自適なＦＩＲＥ生活してるんじゃないですか？」

　ＦＩＲＥというのはファイナンシャルインデペンデンス・リタイアアーリーの略で、簡単に言えば経済的に自立して早めに仕事を辞めることをさしている。

　ＦＩＲＥねぇ……ぶっちゃけ俺も異世界との二拠点生活ができるようになった時点で、ちょっと期待したさ。

　異世界と日本を行ったり来たりして物品を売り買いすれば大もうけ！

　向こうから金を運んでボロ儲けして、働かずに食べるご飯はスペシャルに美味しい！

　そんな風に考えている時期が、俺にもありました……。

　ちょっと悲しくなりながら五反田と別れる。

居酒屋の代金は、財布の痛みと格闘しながらも俺が出した。

ぐぅ、食費節約のために、明日からしばらくは向こうで飯食うか……。


「しっかし、どうしたもんかね……」

「どうかしたんですか？」

俺は基本的に一匹狼で過ごしているため、誰かと話をする機会がほとんどない。

そのため俺が何か悩んでいる時の相談相手は、大抵の場合『可能亭』の看板娘のアンナだ。

……あれ、俺ってもしかして寂しい人間？

「いや、なんか楽な稼ぎ方がないかなぁと思って」

「そんなものがあるなら、私もお母さんも宿屋やってません」

ぐぅの音も出ないとはまさにこのこと。

ただしそれはこのディスグラドに住んでいる人ならば、だ。

俺には異世界と地球を行き来できるという馬鹿でかいメリットがあるからな。

これを使えば利益を出すくらいは簡単に……できなかったんだよなぁ、これが。

今より二月ほど前、テレワーク（定期的な出社あり）という謎の仕事をやっていた俺は、課長の説教（という名のストレス発散）に付き合ってあげている時、唐突に思い立った。

そうだ、仕事、辞めよう。

金策に走ろうと固く決意した俺は、家に帰ってから色々と調べ……そして絶望した。

現代日本では、誰にもバレずに金を稼ぐということがあまりにも難しかったのだ。

まず最初に思いついたのは、ディスグラドと地球の貴金属類の交換レートの差を利用することだ。

ぶっちゃけ銅の値段はディスグラドの方が安かったりするが、昨今は金なんかはすごい高騰しているって聞くしさ。

イラの街では十進法が取られており、銅貨十枚が銀貨一枚と、銀貨十枚が金貨一枚と、そして金貨十枚が大金貨一枚と大体同じ価値だ（もちろん両替をする場合には、手数料はかかるけどな）。

目を付けるのはやはり、銀貨と金貨の比率だ。

ほとんど同じ大きさと重さであるため、イラでは銀と金の交換レートは大雑把に10：1になる。

これが現代日本だと、相場によって若干の変動はあるがおおよそ20：1だ。

つまりどういうことかって？

簡単だ――こっちの銀を向こうで金に変えてから持ってくれば、倍の価値になるのだ！

まさしく現代の錬金術、俺は等価交換の原則を守れているのだろうか……と不安になりながらも、この事実に気付いた時は小躍りしたね。

けれど現実は、あまりにも非情だった。

簡単な話だ。

現代日本では、税金からは逃れられない。

　銀を買うところまでは問題なくできても、こちらで金を換金する場合には、誰もが恐れるあの四文字――確定申告をしなくてはならないのだ。

　詳しく調べてみたところ、年に二十万以内であれば確定申告をしなくてもいいらしいが、そんなのちょっとしたお小遣いにしかならない。

　現代の錬金術師として生きていくなら大量の金を売る必要がある。

　そして出所不明の金を大量に持っている謎の人物は……目立つ。

　決して目立ってはいけない俺は、この方法を取るのを諦めた。

　同じくディスグラドの物品をこちらで『異世界』や『エスニック』風のものとして売るのも難しい。

　税務調査が入って出所を聞かれたら、まともに答えることができないからだ。

　だからといっていざという時のいいわけができるほど、ネトオクやフリマアプリでの売買に精を出そうとも思えない。

　つまり要約すると……俺は全然金がないし、金策も思いつかないということだ！

　俺にできるのは、最悪しらを切れる消え物の食べ物や調味料を持ち込むことや、現代日本の便利グッズを使い、こっちである程度快適に過ごすくらいだ。

　まあこれくらいが、俺にはちょうど良いのかもしれない。

　何事も、過ぎたるは猶及ばざるが如しって言うしさ。

「お客さんの中にも、働きたくないと言ってよくわからない商品の取引きをし始める人も何人かいます。けどその中で、本当にお金持ちになった人は一人も見たことがありません。人間、真面目が一番ですよ」

たしかにアンナの言う通り、人間欲をかくとろくなことがない。

俺も彼女の言う通り、真面目に働くことにしよう。

「アンナは人間ができてるなぁ、よしよし」

「わっぷ……子供扱いしないでくださいっ！」

第二章　平穏な日常、壊れるの早くない？

「タイラーはここ最近、何か違和感を覚えてねぇか？」

「違和感……って言われてもな」

稼ぎが良くなり、気前も一緒に良くなっているマッガスに飯を奢ってもらいながら話をしていると、急にそんな台詞が飛び出してきた。

俺は毎日適当に魔物を間引いてるだけだからな……そもそも気に留めてすらいなかった。

「妙に魔物が多い気がするんだよ……ほら、ここ最近お前に飯ばっかり奢ってるだろ？」

「……言われてみると、たしかに」

ここ最近、マッガスの羽振りが良くなかったことがない。

食費が浮くに越したことはないからと、ほとんど毎日ご相伴にあずかってる。

マッガスの稼ぎがいいってことは、その分だけこいつが所属している『男の浪漫』が激戦をくぐり抜けたってことだ。

魔物の数が増えているのか、それとも一匹一匹の魔物が凶暴化しているのか……聞いてみると、俺の勘だがと付け加えた上でマッガスが続ける。

「多分だが……森の奥に何かいるな。そいつに追い立てられて、魔物がこっちまで来てるんだろう」

イラの街の東側には、大量の魔物が生息しているガルの森という場所がある。

どういうわけかここの森からは、魔物が倒しても倒しても湧いて出てくる。

そのため冒険者達は、魔物が絶滅することを気にすることもなくイラの街で活動することができているのだ（もちろん俺も、基本討伐系の依頼はガルの森でこなしている）。

ガルの森は奥に行けば行くほど魔物が強くなっていくため、マッガスのような金ランクですら最奥にはたどり着けていない。

そうなると、強力な魔物ですらビビってこっちに来るような化け物がいるってことになるが……。

「そんなこと、考えても仕方がないだろ。なるようになるさ」

「お、お前なぁ……イラの街の冒険者であろう男が、そんなんでいいのかよ」

呆れたように言うマッガス。

俺とこいつでは、そもそもの前提条件が違う。

俺もイラの街は嫌いじゃないが、それでも別に、ここにものすごい愛着があるかと言われればそういうわけでもないのだ。

たとえばイラの街で俺がなんらかの疑いを持たれたりしたら、俺はすぐに別の街に向かうだろう。ここより寂れてはいたが、もっと近い街に行ったたっていい。

肉体に引っ張られているからか、それとも二十七年もの俺の経験がそうさせるのか……前世の記憶こそあるものの、俺は自分のことを日本人だと思っている。

なので帰属意識も、こちらより日本へ対するものの方が強い。

多分日本に隕石が落ちてくるとなったら全力で魔法を使ってなんとかするだろう。

だがイラの街のためにそれをするかと言われると……正直微妙だな。

まだ二ヶ月半くらいしか暮らしてないし。

「薄情者だなぁ、お前は。明日から奢りナシな」

「イラのためならなんだってするぜ、イラで暮らす皆のことを放っておけるわけがねぇ！」

「調子のいいことばっかり抜かしやがって……」

呆れた様子のマッガスは、俺が思いきり胸を張ると大きな大きなため息を吐いた。

勢いがすごすぎて、酒臭い息がこっちに突風のように飛んでくる。

「そんなこと言うマッガスだって、別に奥まで行って原因を突き止めるつもりはないだろ？」

「ん……ああ、まぁな。命あっての物種だしよ。一応いつもより深めに潜るくらいのことはさせてもらうつもりだが……それが今の俺らの限界だな」

俺のことを詰っていたマッガスだが、こいつだって別にそこまでイラに固執しているわけじゃない。

いくつもの街を練り歩いて、一番稼ぎが良かったからここに居続けているというだけだ。

冒険者は自由だが、その分全てを自己責任という体の良い言葉で片付けられてしまう。

国という縛りはないが、何かがあっても国に頼ることはできず、自分達で対応しなければならないのだ。

恐らく今のマッガス達は、このままイラの街にいるべきかどうかを天秤にかけているのだろう。

俺に聞いてきたのも、そのために必要な判断の材料を集めているからなのかもしれない。

「おい嬢ちゃん、注文を……」

後ろにやってきた人影に、マッガスが赤ら顔で振り返る。

先払いの料金に若干のチップを混ぜた代金を手に持って身体を回転させた彼は……そのまま持っていた小銭を取り落とした。

「『戦乙女《ヴァルキユリア》』のエルザ……」

後ろに立っていたのは、こちらに向けてにこやかな笑みを浮かべて注文を受けてくれるウェイトレスではなく。

不機嫌そうな顔をした、冷たい印象の美人だった。

『戦乙女』って……この街唯一のミスリルランク冒険者だよな。

パーティーメンバーが女性しかいない、男嫌いの集まりだって聞いたことがある。

エルザはたしか、そこのリーダーだったはずだ。

俺はギルド自体にあんまりいたことがないから、当然ながら見るのは初めてである。

『戦乙女』のメンバーらしきその神経質そうな女性は、こちらを見つめていた。

――そう、彼女はマッガスではなく、俺を見つめていたのだ。

「タイラー、今からいいかしら？」

「遠慮しておく」

厄介ごとの匂いを嗅ぎ取った俺は、即座にその場を後にしようとする。

立ち上がりそのままギルドを出ようとした瞬間、耳に顔を近づけられる。

ふわりと甘い匂いが香り、不意に心臓が高鳴るが、すぐにそれどころではなくなった。

「――私はあなたの秘密を知ってるわ」

「……話だけは聞くよ。ただ、聞くだけだからな」

ガリガリと頭を掻きながら、マッガスに負けないほどの大きなため息を吐く。

ドカッと椅子に座り直しながら、エルザのことをじっと見つめた。

最悪の場合、こいつを口封じして別の街に移動する必要があるかもしれない。

こいつは一体……どこまで知ってる？

「この場では話しづらいこともあるだろうから、場所を変えたいんだけど……どうかしら？」

「構わない」

周りに大量の人の目がある場所で変なことを言われてしまえば、取り返しがつかなくなる可能性も考えられる。

全員の口封じなんてまず現実的じゃないから、下手をすれば国を出なくちゃいけなくなるかもしれない。

「おい、なんでエルザ様があんな普通そうなやつと……」

「つぅか、あいつ誰だよ？」

「あいつがタイラーだよ。ほら、一時期有名になった腐れ魔術師の……」

どうやらエルザは冒険者の中の高嶺の花というやつらしく、周囲の冒険者達の視線は完全に彼女に釘付けになっていた。

他のテーブルにいる冒険者達の声がこっちにまで聞こえてくる。

腐れ魔術師ってなんだよ……俺そんな呼ばれ方してたの？

普通にショックなんだが……。

衝撃の事実を知って気落ちするが、すぐに立ち上がる。

ちらちらと向けられる視線も気分のいいものではなかったので、エルザの提案の通りにギルドを後にするべきだろう。

「じゃあまた後でな、マッガス」

「おお、帰ってきたら酒の肴にさせろよ」

「その代わり全部マッガスの奢りな」

「……ああ、わかったよ」

俺とエルザの間に広がっている何かを感じ取ったからか、マッガスの顔は少しだけ緊張しているように見えた。

俺は他の奴らの視線は完全にシャットアウトして、黙ってエルザの後についていく。

歩いていく先は店が大量に立ち並んでいるイラの大通りではなく、住宅が密集している住宅街の方だった。

「店に行くんじゃないのか？」

「それだと誰かに聞かれるかもしれないでしょ？　だから行き先は私達が暮らしてる家よ」

「そうか」

それだと既に事情を知ってるのは、エルザだけじゃなさそうだな。

パーティー内である程度話をしていると考えて良さそうだ。

複数人を口封じするとなると、物騒な手段しか思い浮かばない。

できれば平和的な話し合いで済んだらいいんだが……。

というかこいつらは一体どこから俺の正体にたどり着いた？

たしかに珍しい物品を食べたり飲んだりはしているが、相手や場所はきっちりと選んでいるつもりだ。

現代日本の便利グッズだって、人がいるところではほとんど使ったことはない。

異世界から転移してきたと一発でわかるようなものは誰にも見せていないはずだ。

色々と考えているうちに、『戦乙女』で借りているという借家へとやって来た。

周りは閑静な住宅街で、家は木造二階建ての一軒家だった。

中に入るとパーティーメンバーに女性しかいないというだけのことはあり、シェアハウスだというのにきちんと整頓されている。

ゴミもしっかりと分別していて、大学生の部屋なんかよりよほど綺麗に思える。

ガチャリとどこかのドアが開く。

それからとことこと階段を下る音。

廊下の先の方から、女の子が一人下りてきた。

「あ、エルザさんお帰りな……エルザさんが……男を連れて来たあああああああああっっ⁉」

叫びながらすごい勢いで階段を駆け上がっていくのは、銀髪を短く切り揃えたボーイッシュな女の子だった。

女性というより女の子という感じで、身体もかなり平坦。

年齢的には、まだ二十歳にもなっていないように見えた。

「今のがうちの斥候のライザ。普段は結構騒がしいけど、仕事をする時はきちんと静かだから安心して」

「あんな子と良くシェアハウスできるな……俺ならすぐにキレちゃいそうだ」

ただ斥候としての腕は確かなのだろう。

ものすごいガチャガチャとした動きで走っていったにもかかわらず、まったくと言っていいほどに足音がしていなかった。

ライザに少し遅れる形で、またガチャガチャといくつかのドアが開く。

そして……

「「エルザさんが、男を連れて来たああああああっっ⁉」」

皆がびっくりするくらい同じ反応をした。

それを見て俺は……なんだか毒気が抜けてしまった。

これじゃあ、気を張り詰めてやってきたこっちがバカみたいじゃないか。

「なぁ、俺もう帰って良いか？」

「駄目よ、ちゃんと話をさせてちょうだい。あの子達は……今すぐ黙らせるから」

一応俺的には、結構な覚悟をしてきたつもりだった。

なにせ俺の秘密を知っているという相手との交渉だ。

そんなもん、普通に考えれば穏やかになるはずがない。

まず間違いなく武力衝突になるだろうし、そうすれば力を隠すだのなんだのとは言っていられない。

どんな結果になるにせよ、俺は力を使うことになり、この街で今までの暮らしをすることは難しくなるだろう……。

そんな風に考えて、普段は目立ちたくないからという理由で嵌めていないいくつかの指輪をそっと装着し、完全に臨戦態勢を整えてから来たのだ。

だが事実は小説より奇なり。

事態は俺の想像の完全に斜め上を行っていた。

「エルザさん、それ！」

「私はそれじゃありません」

「エルザ、おかわり」

「それくらい自分でよそいなさいな」

「……（がつがつがつがつ）」

あ……ありのまま今、起こったことを話すぜ。

俺は、戦うつもりで家にやってきたら、いつのまにか突然開催された女子会の中に放り込まれていた。

な、何を言っているのかわからねーと思うが、俺も何をされたのかわからなかった……。

ポルナ○フ状態から脱し、少しだけ冷静さを取り戻してから目の前できゃあきゃあとはしゃいでいる『戦乙女』の面々を確認していく。

その数は合わせて五人。

俺を誘ってきたエルザに、先ほどいの一番に騒いでいたライザ。

そして後の三人はそれぞれ魔法使いらしき三角帽を被った女の子と、大剣を肌身離さず持っている大柄な女の子、背中に弓を背負いこちらを睨んでいるセミロングの女の子だ。

女の子が五人もいると、エネルギーがすごいな。

おじさん、完全に圧倒されちゃうヨ……なんて、おじさん構文を使ってる場合じゃなかった。

俺は果たして、何をしているんだろう？

記憶が正しければ、話し合いにやってきたような気がするんだが……？

「あ、あの、タイラーさんすみません。うちは皆、結構騒がしくて……ご飯を食べたら少し落ち着くと思いますので……」

気付けば隣にやって来ていた、魔法使い風の女の子の言葉にとりあえず頷いておく。

なんだか予想外の連続で疲れたな。

こんなんでいきなりバトルモードに切り替わったりはしないだろう。

不自然にならないように指輪を外してから、コップに注がれた水を飲む。

「エルザ、この飯は俺も食っていいんだよな？」

「ええもちろん、うちの子達が手ずから作ったから、どれも絶品よ」

「それなら、遠慮なく」

俺の前にはほかほかと湯気を立てている料理達。

取り皿とトングが置かれていて、自分で好きなように取っていくビュッフェスタイルのようだ。

せっかく食べていいと言ってくれているのだから、一切遠慮せずバクバクと食べ始める。

自信ありげなだけのことはあり、たしかにめちゃくちゃ美味い。

味付けも俺が食堂で食べ慣れた『味なんか濃ければ濃いだけええやろ』みたいな大量に塩をぶち込んだだけの料理とは一線を画している。

卵料理やスープは洋食に近いのだが、その味付けは和食のように繊細だ。

少し薄めな味付けなおかげで、するすると入っていく。

気が付けば俺は大剣使いの女の子と同様におかわりを所望してしまっていた。

食事を終えるとデザートまで出てきた。

なんでもイラの街の女性に大人気のゼリーらしい。

食べるとフルーツ寒天のような味で、こちらもなかなか美味しかった。

「へへっ、アンタいい食べっぷりだな。私はウィドウってんだ、食べ仲間としてよろしく！」

「いや、食べ仲間ってなんだよ……まあとりあえず、よろしく。タイラーだ」

大女改めウィドウがニカッと笑いながら、こちらに手を差し出してくる。

少し躊躇したが、俺も手を出して握手を交わす。

長く剣を握り続けた者特有の、固くてがっしりとした手のひらの感触が返ってきた。

「タイラー、あんた女の子みたいな手してるな」

「もしかすると、お前の手が男っぽいだけかもしれないぞ？」

「あっはっはっ、たしかに！」

何が面白いのかケタケタと笑いながら、ぶんぶんと手を上下に振られる。

ちょ、おま……勢いがっ、激しっ！

あ、握手で肩が外れそうになったぞ……とんでもない馬鹿力だ。

「私はアイリス。得意なのは風魔法。変なことしようとしたら、切り刻むから」

背中に弓を背負っている小柄な子が、こちらを射殺さんばかりにキッと睨んでくる。

彼女だけは俺が入ってきてからもずっと、何かあれば背中の弓に手をかけられるよう臨戦態勢を維持したままだった。

これは完全に俺の予想なんだが。

恐らく『戦乙女』の男嫌いという噂は、彼女に起因しているんじゃなかろうか。

他の子達、わりとフランクだし。

「わ、私はルルです。タイラーさんと同じ、魔術師をさせてもらってます」

ぺこりと頭を下げるのは、魔女が被ってそうな三角帽をなぜか家の中でも着けっぱなしの少女だ。

金髪碧眼で恐ろしいほど整った顔立ちは、どこか人形めいているようにも見える。

……ん？

なんだかどこかで見たことがあるような気が……いや、多分気のせいだろう。

自慢じゃないが、この街の俺の交友関係は自分でもビビるほど狭いからな（本当に自慢じゃない）。

食事が終わり自己紹介をした今がちょうどいいタイミングと思ったのか、エルザはようやく俺をここに連れて来た目的を教えてくれた。

そして俺は彼女の言葉を聞いて……頬が緩むのを抑えられなかった。

「タイラー、もし良ければ私達と一緒にガルの森の探索に付き合ってくれないかしら。あなたのそのリュック……多分だけど、『収納袋』でしょ？」

秘密って俺じゃなくて、『収納袋《そっち》』の方でしたか。

――助かったぁ～～っ！

「ああ、それなら構わんぞ。何しに行くんだ？」

「森の一番奥の異変を探しに行くのよ」

エルザの言葉を聞くと同時、俺は立ち上がった。

そしてそのまま部屋を出て、出入り口のドアへと向かおうとする。

「帰るわ、あとは皆さんでごゆっくり」

「帰るな！　一回オッケーしたんだから帰るなっ！」

だが流石剣士なだけのことはあり、エルザはものすごい速さで追いついてきた。

そして胸元をぎゅうぎゅうと掴みながら、しがみついてくる。

残念美人って、彼女みたいな人のことを言うのかもしれない。

感じる柔らかな感触には少しドキリとするが、中身が残念な子なせいもあってか不思議と理性は保てていた。

話は聞くと約束したので、とりあえず再度座り直す。

エルザは気がつけば向こうの椅子に座り直して、見事に女騎士然とした凜々しい態度に戻っている。

そんなんじゃ、さっきの醜態は取り消せないぞ。

……ってよく見るとちょっと頬が赤くなってる。どうやら羞恥心は感じてるようだ。

「で、答えなさいよ。それ、『収納袋』よね？」

「……うーむ」

どうやらかなり確信がありそうなので、否定してもあまり意味はないような感じがする。

しっかし、一体どこからバレたんだろう。

傍から見たらただのリュックに見えるよう、結構注意を払っていたつもりだったんだが……。

どうやらこのリュックの正体に感づいたのは斥候役のライザらしい。

「重さと、音かな」

「……重さと音？」

「うん、タイラーさんってオークの肉をお肉屋さんに納品してるでしょ？　ちょっと前にタイラーさんを見かけたとき、重いものを持ってる人の重心の動き方じゃなかったんだよね。違和感があったから、よく観察してみたら、リュックが全然ロープに食い込んでないし、リュックの中で物がこすれ合う音もしないときた。そこで確信したの」

「しっかし、重さと音か……盲点だったな」

たしかにリュックは背負ってたけど、重たいフリをしたことはなかった。

それに音でバレるとしたら、正直どうしようもないな。

他の奴らが感づくのも、時間の問題な気がする。

「私ね、目と耳には自信があるんだ。だから他の人にバレたりすることはまずないと思うよ」

「もちろん私達も言うつもりはないわ。タイラーが一緒に依頼を受けてくれないなら、ついうっかり口が滑っちゃうかもしれないけど」

そう言ってすまし顔をするエルザ。

俺のことを脅すつもりか……。

——まあ、効かないんですけどね！（最強無敵）

ぶっちゃけ、俺は既に依頼を受けてもいいと思い始めている。

たとえガルの森の奥深くにどんだけヤバい魔物がいても、俺だけテレポートで逃げてくれば死ぬことはないからな。

それに俺のことを脅して連れて行こうとする奴らなら、置いていっても良心は痛まないし。ついでに俺の『収納袋』の正体を知っている奴らをまとめて消せるから一石二鳥でもある。

「ああ、その通り。俺が持ってるこれは『収納袋』だよ。まあ容量は……大きめの家一軒分ってところかな」

俺の言葉に、おおっ、と周囲から甲高い歓声が湧く。

入る量を少なめに申告しておいて正解だったたっぽいな。

現在のディスグラドでは『収納袋』自体かなり貴重なものらしい。

実質容量無限なことがバレれば、まず間違いなく王室献上案件だ。

なので口が裂けても真実は言えない。

「俺を連れて行くのは、いわゆるポーターとしてって認識で合ってるか?」

「ええ、魔術師とはいえ銀ランクのあなたに多くを求めるつもりはないわ。荷物持ちとして私達の物資をその『収納袋』の中に入れてくれれば、それだけで十分。当然報酬は、人数分の頭割りで払うわ。それに別途依頼代と危険手当も出すつもり」

「大盤振る舞いだな」

「あなたにはそれだけの価値があるってことよ」

言葉だけ聞くと勘違いしそうになるな。

あなた(の道具)には、の間違いだろ。

まあ無理矢理襲ったり盗んだりしようとはせず、平和裏に交渉してくれるだけマシな相手だと思うことにするか。

けど、ガルの森の最奥部ってミスリルランクでもたどり着けないって聞いたことあるが……なぜ命の危険を冒してまで奥へ行こうとするんだろうか。

そもそもまだまともに踏破されてないから、どれだけの深さがあるかさえわかってないって聞くぞ。

そんなところに入るなんて一体どれだけの時間がかかるか……あ、なるほど。

少しでも生存確率を上げるために、大量の荷物を入れられる俺の『収納袋』に目をつけたってわけか。

ただ、奥まで行ったら俺ばかり守っているわけにはいかないだろう。

もしかしたら俺が死んだら遺留品として受け取れる……くらいの淡い期待は持ってるかもしれないな。

……よし、決めた。

もし何か起こったら、有無を言わさずテレポートで緊急脱出することにしよう。

最悪国を出れば、ディスグラドでもまだまだ立て直しは利くし。

というわけで俺は『戦乙女』の臨時ポーターとして、ガルの森の探索に同行することになるのだった――。

ガルの森は東に進めば進むほど、魔物が強力になっていく。

だが逆を言えば、浅瀬であれば俺が普段狩っているような、ゴブリンやオークといった雑魚魔物程度しか出てこない。

ミスリルランクの『戦乙女』からすると鼻くそみたいなものだが、これでも俺は一応は銀ランク冒険者。

当然ながら戦闘にも参加した方がいいだろうということで、一度連携を取りながら戦うことにしようと向こうが提案してきた。

ぶっちゃけめんどくさかったが、ミスリルランクということは冒険者という縦社会においては、あちらは俺の上司なわけだ。

なので言うことは一応、最低限は聞いておく。

「ストーンバレット」

「ぶひいいいいいっっ‼」

俺の石弾を頭部に食らい、頭が陥没したオークが地面に倒れる。

そこから魔石を取り出し、ついでにナイフで肉を切り出していると、何対もの視線に気付く。

顔を上げれば、エルザ達がこちらを呆けたように見つめていた。

「すごい、低威力の土魔法で詠唱破棄までして、一撃でオークを倒せるなんて……」

「それってすごいのか？」

「すごいなんてものじゃありませんよ！　そもそもの話、詠唱破棄はですね……」

メンバーの中で唯一よくわかっていない様子のウィドウが尋ねると、ルルはものすごい勢いでマシンガントークを始めた。

魔術師のルルは内気で静かな子だとばかり思っていたが……どうやら好きなものの話になると目の色が変わるようだ。

「ごめんなさいね。あの子、ああなると長いから」

「ああ、それは別に構わんが……」

話がちんぷんかんぷんなのか、適当に相づちを打っているウィドウに対しても、ルルは今の俺のストーンバレットがいかに技術的に優れているかを話している。

俺のことをめちゃくちゃ褒めているので、正直聞いていてむずがゆい部分もあるが……話を聞いているうちに、俺はルルの優秀さに驚いていた。

（どちらかというと俺寄り……というか以前の魔術師に似た考え方をしてるんだな）

俺が知っている限り、イラの街に詠唱破棄や無詠唱を使う人間はあまりいない。

以前はわりとポピュラーだったんだが、どうやらこの三百年でかなりマイナーな技術になってしまっているようだ。

詠唱というのは、めちゃくちゃ現代人的な説明をするなら、一筆書きで書く仕様書のようなものだ。

基本的には、魔術師達の叡智を結集させて極限まで圧縮している詠唱の土台部分を使い。

そこに魔術師がアレンジを加え、いくつかの単語を加えることで威力や速度を増加させたりして自分好みに魔法をカスタマイズしていくというのが一般的なやり方だ。

現代の魔術師の詠唱は、ぶっちゃけ長い。

お世辞にも魔法を極めたとは言えない俺でも冗長性を感じてしまうくらいに長い。

そのおかげで威力は詠唱破棄や無詠唱と比べると高いが、使うまでに詠唱破棄を行った場合と比べると３倍の時間がかかり、威力は１．５倍程度。

それなら詠唱破棄や無詠唱でバンバカ魔法を使いまくった方が総ダメージ量が多くなる。そんなどちらかと言えば相手ＨＰを削るようなゲーム感覚な考え方が、以前の魔術師界隈では主流だった。

ルルの思考法は、その当時の考え方にかなり近い。

「タイラーさんっ！」

「な、なんだ？」

「次は私が戦うので、私の魔法を見て改善点を教えてください！」

「ああ、構わんが……」

そう言うとルルは魔物を探してキョロキョロと周囲を見渡し始めた。

それを見て、エルザがはぁとため息を吐く。

どうやら癖の強い『戦乙女』のメンバーをまとめるのもなかなか大変なようである。

俺の視線に気付いたエルザが、こちらに近寄ってくる。

最初の頃のキリッとした麗人という仮面が外れた彼女は、呆れたように首をかしげる。

「ねぇタイラー、あなたその腕があって、なんで銀ランクのままなのよ？」

「よく言われる」

「……それ、答えになってないわよ」


俺は誰かと一緒に任務をこなしたことはあるが、誰かと野営をしたことはない。

というか、しないようにわざと街から近いところの依頼しか受けないようにしていた。

だが森の調査となれば、流石にそういうわけにもいかない。

故に俺は現在、とんでもない二択に迫られていた。

（疑われるのを覚悟で現代グッズを使うわけにもいかないから、こっちのロークオリティのもので我慢するしかないよな……）

俺が誰かと野営をしたくなかったのは、誰かといるとキャンプグッズを使ってソロキャンを楽しめないからだ。

設営が簡単なテントや、敵が近づけば紐が抜けるようになっている防犯ブザー、仮眠で寝ぼけていてもしっかりと起きられる目覚まし時計など、俺は現代文明の利器をフルで利用すると、わりと快適な野営ライフを送ることができる。

だが彼女達の前でそんなものを見せるわけにはいかない。

故に俺はこちらの粗い縫製の普通に虫が入ってくるテントを使いながら順番に野営をしていくという原始的な方法で夜を明かさざるを得ない状態に陥ってしまっていた。

布も分厚いし布を立てるための鉄も重たいから、設営一つとっても一苦労だ。

体力は人並みにしかない俺からすると、これだけでもかなりの重労働なのである。

「ね、寝れねぇ……」

地面が……固ぇ！

普段は低反発マットレスが底に敷いてある寝袋に身体を預けてるんだが、このテントの野郎はめちゃくちゃこっちに反発してきやがる！

低反発マットと対を成す存在、猛反発テントと悪戦苦闘しているうちに、俺は気付けばぐっすりと眠ってしまっていた。

なんやかんやで慣れない人付き合いをしながらの調査をして、結構疲れていたようだ。

「タイラーさん、タイラーさん、起きてください」

ゆさゆさと身体を揺らされなんとか目を開けると、そこには眠たそうに目をとろんとさせているルルの姿があった。

どうやら自分達の番が回ってきたらしい。

テントを出ると、隣には同じようなサイズのテントが二つほど並んでいる。

タイラーと比較すると三倍くらいの速度で設営を終えた『戦乙女』のメンバー達はぐっすりと眠っているようだ。

「ぐごごごがぁ〜〜」

右側のテントからは、ウィドウの馬鹿でかいいびきが聞こえてくる。

彼女と同室しているエルザは、きっと悪夢を見ていることだろう。

比較的月明かりが当たる場所を野営地に選んだので、テントと周囲を見渡せるくらいには月光が降り注いでいる。

テントに引火しないよう、少し離れた位置で薪をくべながら火を焚いていく。

パチパチとはぜる炎を見ていると、よく見る安眠用のたき火の動画を思い出し眠くなってくる。

なんとか我慢したいが、ガムを噛むわけにもいかず、とりあえず水魔法でばしゃばしゃと顔を洗った。

「今日はその……大変お見苦しいところをお見せしてしまいまして……」

「魔法に関心があるのはいいことだろ。『魔術師っていうのは少し度が過ぎてるくらいでちょうど良い』——俺の師匠の言葉だよ」

「魔術師の母も、似たようなことを言ってました」

「なるほど、お母さんの教え方が良かったんだな」

ルルの魔術師としての力量は、なるほどこれがミスリルランクかと思えるほどに高かった。彼女は火・水・土の三属性を使いこなし、それに加えて回復や魔物特攻のある聖属性魔法も使うことができる。

火・水・風・土・聖・魔の六属性のうち四つを使えるんだから、現代においてはかなりのエリートだ（ちなみにだが、聖属性と魔属性に適性があるものはかなり少ない。四元素魔法などという呼び方をするのもそのためだ）。

また一つ一つの属性に関する造詣も深く、俺のように魔法名を口にするだけで魔法を使える詠唱破棄まではいかずとも、詠唱を無理矢理短縮する詠唱省略の技術を持っていた。

俺が知っている他の魔術師は、最大でも二つまでしか属性を使えていなかった。

現代魔術師ではかなり腕の良い方なのは間違いない。

俺が教えれば、詠唱破棄くらいなら問題なくできるようになるだろう。

無詠唱はもって生まれた言語センス次第なので、使えるかどうかは微妙なところだが……かくいう俺も使えないし。

「でもタイラーさんって、すごい魔術師だったんですね」

「そうか？　俺はどこにでもいる普通の魔術師だよ」

とぼけた顔をするが、ルルはだまされてはくれなかった。

なるべく手の内をさらさないように魔法はストーンバレットしか使っていなかったのだが、それでも詠唱破棄を使ったりはしてたし、色々と感づかれているような気がしないでもない。まあ、俺一人ならどうとでもなるからと、ちょっと気を抜いてもいるしな。

ふと顔を上げると、こちらを見つめるルルと視線が合う。

気がつけば彼女は、常に被り続けていた三角帽を外していた。

俺は彼女が常に帽子を被り続けていた理由を、ここに至って初めて理解した。

彼女の耳は、普通の人と比べるとわずかに尖り、横に伸びている。

ルルは――エルフの血を引いているのだろう。

耳の長さから考えると、恐らくハーフかクォーターあたりだろう。

血に対してうるさいエルフ社会では、色々と厳しい思いもしてきたはずだ。

だがエルフの血を引いているとなれば、魔法に関する造詣が深いのも頷ける。

月光に照らされ輝く美貌をさらすその姿は、幻想的に思えるほどに美しい。

どこか神聖ささえ感じ、冒しがたい厳かさを感じてしまう。

ルルの姿を見つめていると、ふとその姿が、とある人物と重なった。

「メルレイア師匠……」

俺に魔法を教えてくれた師匠であり、俺が何度も死にかけるハメになったその元凶でもあり。

母のような存在で、同時に俺の初恋の人でもあった……エルフ族のメルレイア師匠。

ルルの横顔に、どこか師匠の面影を感じたのだ。

そんなこと、あるはずがないのに。

エルフは美男美女揃いで、顔立ちも似ていることが多い。

そのせいで勘違いをしてしまったのだろう。

ふと、涙が出そうになった。

あれから、三百年だ。

みんなみんな、俺のことを置いて先にいってしまった。

あんなに好きだった師匠だって……間違いなく、もうこの世にはいない。

その事実に、久しく感じていなかった寂寥感が疼いた。

そんな寂しさを消し飛ばしたのは、不思議そうな顔をするルルの一言だった。

「もしかしてタイラーさんって……私のおばあちゃんと、お知り合いなんですか？」

ルルの言葉を聞いて、頭の中が真っ白になる。

嘘だろ、ルルが……師匠の、孫？

「……」

言葉を失い、ルルを見つめる。

ルルは急に黙ってしまった俺を見て、不思議そうな顔をしていた。

その純真そうな顔は、いつも悪辣な企みばかりしていた師匠とは似ても似つかないけれど。吸い込まれてしまいそうなほどに大きな紺碧の瞳や、薄く、けれど質感のある唇はどうしようもないほどに師匠にそっくりだった――。

『星堕とし』のメルレイア。

それが俺の師事していた女性の名前だ。

師匠は正真正銘の化け物だった。

星魔法を完全に使いこなすことでこのディスグラドという星そのものを俯瞰して自由に見て、あらゆる情報を瞬時に得ることができた。

戦闘能力も、俺なんかじゃ足下にも及ばないほどに隔絶していた。

恐らく当時、全世界の魔術師の中でも三本の指には入っていたと思う。

師匠はエルフが独自に発展させていた精霊魔術を人間の魔法と混ぜ合わせて昇華させ、魔法のレベルを飛躍的に上げてみせた。

故に彼女は人からすると伝説の賢者にも近しい存在であり、そして凝り固まった考え方を持つエルフ達からは逆に蛇蝎のように嫌われていた。

自身がエルフであるにもかかわらず、師匠はエルフという種族そのものが大嫌いで、それ故にエルフ特有の長ったらしいフルネームのことも嫌っていた。

無駄や冗長性が大嫌いで何事もすっきりさせないと落ち着かない質だった師匠は、だから知り合いには自分のことをメルレイアとしか言わなかった。

「……ご、ごめんっ」

とうとう涙腺が崩壊し、こらえきれずに涙が出てくる。

これは俺が前世の記憶を思い出してから、初めての涙だった。

きっと俺は今まで、これ以上悲しい気分になったりしないように、無意識のうちに記憶に蓋をしていたのだと思う。

もう二度と会うことができないという事実に打ちのめされてしまわぬように。

決して叶うことのない初恋に、打ちひしがれてしまわぬように。

けれどルルを見て外れかけていた箍が、彼女の言葉で、ぶわっと一息に外れた。

師匠との今までの思い出が、走馬灯のように頭を巡っていく。

師匠に逆さづりにされながら、森の中に一人置いてけぼりにされた記憶。

半殺しにされながらもなんとか敵魔術師を倒せた時に褒めてもらえた、あの時の何物にも代えがたいほどの喜び。

研究テーマに進捗があると見られる師匠の笑顔を見たときの、他には得がたい達成感。

今思い返すと半分以上はろくでもない思い出だが、それでも俺にはかけがえのない大切な記憶だ。

止めようと思っても後から後から溢れてきて、俺はとうとう涙を止めようと努力すること自体をやめた。

カスみたいな縫製のごわごわなハンカチで鼻を拭いながら、なんとかして気持ちを落ち着ける。

ルルは俺を見て、優しそうな顔をしてくれていた。

なんだか気恥ずかしくなって、そっぽを向いてしまう。

「ごめんな……同姓同名だったからか、つい師匠のことを思い出してさ」

「いえ、私こそ不用意な発言をしてしまってすみません……」

ルルを改めて見て、確信した。

彼女は間違いなく、師匠の血を引いている。

——あまりにも師匠の面影がありすぎる。

その事実に気付いて俺は少しだけ落ち込んで、でもそれ以上に嬉しくなった。

そっか、当たり前だけど師匠は……俺が死んだ後もこの世界で生きたんだ。

そして誰かと愛し合って、子供を産んで……そのまま幸せに、死んでいったんだと思う。

それを成したのが俺ではないという事実には、少しだけへこむけれど。

ルルという小さな糸を通して、俺とこのディスグラドという世界に関わりができたようで。それが俺とこの世界が完全に断絶していたのではないと言ってくれているようで、なんだか嬉しいのだ。

「流石に人違いだけどな。メルレイアって名前は合ってるけど、時代がズレすぎだし」

「そ、そうですよね、たしかに私のおばあちゃんが色々と凄かったせいで、メルレイアって名前がエルフの間では結構増えたらしいですし……」

「もちろん俺も知ってるぜ。ってことはルルは、あの『星堕とし』のメルレイアの孫になるのか？」

「はい、有名人の子孫というだけで、色々と大変で……普段耳を隠しているのも、そのせいです」

師匠、あなた有名人ですって。

あなたが嫌われて、あなたも同じように嫌ってやったって言ってたエルフ達からも、今では英雄扱いみたいですよ。

それに……死んでからも、自分の子孫に迷惑かけてるんですか。

相変わらず、傍迷惑な人ですね。

でもその事実が、どうしようもなく師匠らしい。というか、師匠らし過ぎる。

なんだか無性におかしくて、思わず笑ってしまった。

「魔法を教えたからその対価……ってわけじゃないけどさ。もしよければメルレイアさんの話、聞かせてくれないか？」

「え、えぇ。そんなことでよければ、いくらでもお話ししますけど……」

結局その日、俺は番の交代をするのも忘れて、ルルからされる師匠の話に完全に聞き入ってしまっていた。

そして朝を迎え、ルルを寝させなかったことをエルザに叱られ……それでも俺は笑っていた。

そして、俺は一人決意を固めた。

彼女達を置いていくのはナシにしよう。

師匠のお孫さんを死なせるわけにはいかないし……悲しませたりもしたくないしさ。

俺は異世界に来れるようになったことで、社畜を卒業している。

だがそれは何も、労働そのものからの解放を意味しない。

つまり現代人の悲しい性というべきか、契約社員になったとはいえ働かなければ生きていけない俺は、異世界でも労働から逃れることはできないのだ。

「夜番の時間を、魔術の訓練に当てる……もちろん事前に話は聞いてたけど、本当にやるつもりなの？」

「ああ、正直なところ昨日一日やらなかっただけで色々と問題が起きてな。俺の場合睡眠時間を削ってでもやらないと鈍るんだ」

嘘は言っていない。

俺には何日も仕事をさぼると納期という問題が生まれるし、ずっとパソコンに触れていなければその分だけ俺のキーボード操作の感覚は鈍る。

「なるほど、ルルを超える魔法の腕を維持するためには、それだけ準備が必要ってことなのね……」

「ああ、とにかく時間が必要なんだ」

エルザが納得したように頷いているので、俺も適当に話を合わせておく。

そして俺は一人、テントの中へ戻りに向かった。

――魔術《テレワーク》の訓練をするために。

『戦乙女』の臨時ポーターとして共同でガルの森の調査依頼を受けるには、いくつもの問題があった。

少し考えればわかるのだが、タイラーとして他の冒険者と共同で長期の依頼を受けながら、同時に契約社員の鏡平として働くという恐らく前人未踏のダブルワークは、ぶっちゃけかなりの無理ゲーなのである。

何日かかるかもわからない調査を、俺の事情を知らない同行者と一緒に行う。

当然ながら朝から日が暮れるまでは彼らと行動を共にすることになるため、仕事はできない。

そして地球の方でも問題は多い。

出社は少なくとも隔週でしなければいけないし、出社をしない間も割り振られた仕事はしっかりとこなさなければならない。

毎日のメールチェックや定期的な進捗報告……ディスグラドではおよそ不可能なことが沢山あるのだ。

なので俺はまず第一に、会社に連絡してしばらくの間会社出勤を止めさせてもらうことにした。

ここ最近かかりきりだったプロジェクトが無事に終わったということもあって、出社義務の免除も期間限定であればオッケーが出た。

当然ながら査定には響くらしいが、今更、正社員に戻るつもりもないからあまり気にしないことにした。

そして次に『戦乙女』の面々に俺は夜の間、魔術の訓練を一人ですることの許可をもらった。

ただ毎日だと向こう側の負担も大きいだろうから、二日に一回でという条件でだ。

そのため二日目の今日、俺は夜から明日の早朝までは時間がある。

その時間にするのは……当然ながら仕事である。

本当は自室に戻って作業をしたいが、流石にテントの中にいないのがバレるのはヤバい。

なので次善策として、俺はテントの中でランタンっぽく見えるオレンジ発光のＬＥＤとノートパソコンの電源を入れ、ただひたすらに睡眠時間を削ってキーボードを叩いていた。

（何が楽しくて、こんなテントの中でカタカタパソコンを弄らなくちゃいけないんだ……）

これが俺の望んだ異世界ライフなのだろうか。いや、そんなことはない。

おかしい、ついこないだまではまったり冒険者生活ができてたはずなのに、なぜ急にデスマーチを彷彿とさせる深夜労働をする羽目になっているのだろうか。

哲学的なことを考えている間も、打鍵の音が止まることはない。

気付けば仕事を始めて三時間近く経っていた。

「ふぅ～……」

眉間をマッサージしてから、身体に聖属性の回復魔法を使う。

回復魔法は怪我や病だけでなく、疲労にも効果がある。

俺ぐらいの聖属性使いになると、回復魔法を使うだけで一瞬で恐ろしいほどに身体の疲れが取れてしまう。

先ほどまで重かったはずの肩は羽根が生えているかのように軽くなり、身体の奥にずぅんと溜まっていた疲れも一瞬で吹き飛んだ。

「でも取れるのは、身体の疲れだけなんだよな……」

この世界の回復魔法は高い練度さえあれば、その名の通りあらゆるものを回復させることができる。

だがどれだけ腕のいい回復魔術師であっても、ただ一つ——精神的な疲労だけは、治すことができない。

そのため回復魔法を使って身体の疲労を取ると、身体は起き抜けのように元気なのに、やる気が起きず集中力も切れているという状態になってしまうのだ。

まあこの状況でも、一応働くことはできちゃうんだけどさ。

もし現代日本に回復魔法が存在していたら、徹夜をさせ続けるアルティメットブラック企業が誕生していたことだろう……考えるだに恐ろしい。

俺は気合いを入れ直し、さっきまでより明らかに集中力に欠けた状態ではありながらも、なんとか徹夜して二日分の仕事を終えた。

すると森からは鳥のさえずりが聞こえてくる。

そろそろ朝になったらしく、少し仮眠を取っているとエルザに起こされた。

「太陽が……黄色いな……」

「ちょっと、タイラー本当に大丈夫？　ゾンビみたいな顔になってるわよ」

「大丈夫だ、問題ない」

やるって決めたのは俺だから、しっかりどっちの仕事もこなすけどさ。

でもこの調査任務が終わったら、しばらくはまったりさせてもらうことにしよう。

早いところ終えて、英気を養いたいぜ……。

ガルの森の調査は続いている。

既に七日目に入っており、大体森の中部と呼ばれている場所まではやってくることができていた。

俺がもう力を隠すとかを気にせずある程度魔法を使うようになったこともあり、調査は予定よりはるかに速いペースで進んでいた。

この調子でいけるのなら、わざわざ会社に出社できないって連絡をする必要、なかったかもしれないな。

（しかし……慣れというのは恐ろしいな）

以前何かの本で人間は慣れる生き物だと読んだことがあるが、まさかそれを実地で体感することになるとは思いもよらなかった。

最初はあれほどキツかったはずのゴワゴワテント暮らしに、俺はもう完全に順応してしまっていた。

そのため今では、虫が入ってこようが魔物の断末魔の叫び声が聞こえようが、問題なくぐっすりと寝ることができるようになっている。

そして恐ろしいことに、朝は魔物討伐、夜は徹夜で仕事というアホみたいなスケジュールにも慣れ、二日に一度しっかりと睡眠が取れるというだけで十分だと思えるようにすらなっている。

これは進化なのか、それとも退化なのか……きっと答えを出してもむなしくなるだけなので、答えは沈黙ということにしておこう。

魔術の訓練《テレワーク》をするついでに日本に戻り、メールチェックをしたりパンツなんかを穿き替えたりするという生活にも慣れてきた。

一週間近く一緒にいるようになって、色々なことがわかった。

その中でも一番強く思うのは、やはり女性だけでミスリルランクに上がっている『戦乙女』の総合力は、伊達じゃないということだ。

「おおおおおおっっ‼」

全身の筋肉を躍動させながら、ウィドウが雄叫びを上げて突貫する。

彼女の愛剣である黒の大剣は森に住まう土でできた狼、ガイアウルフを易々と両断してみせた。

ガイアウルフは土魔法を操る銀ランクの魔物だ。

恐らく魔法を使うことで自分の身体の土の成分をある程度操っているのだろう、鉄を含有している赤茶色い体表は、鉄剣でも簡単には断てないだけの強度がある。

だがウィドウの振り下ろしの前ではひとたまりもなく、実にあっけなく真っ二つに裂かれる。

「アオオオオンッ‼」

ガイアウルフは土でできているため分類的にはゴーレム種と呼ばれる魔物に分類されるのだが、その性質は狼に近い。

彼らは群れを組むことが多く、今回の場合も五匹ほどで群れをなしていた。

同胞を倒したウィドウを脅威だと認識したからか、残る四匹の土塊の狼達が叫び声をあげながら前足で地面を叩く。

すると地面が隆起し、土の槍が形作られていく。

土魔法のアースランスが合わせて四本、ウィドウめがけて飛んでいった。

「よっと、ほっ！」

ウィドウはその土槍を——驚くべきことに、視認してから避けていく。

彼女はある時は飛び上がり、またある時は地面に突き立てた剣を軸にしてくるりと回りながら、見事に攻撃をかわしていた。

彼女は動体視力が良く、そして通常の前衛であれば不可能なほどに柔軟に相手の攻撃を避けていく。

そのパワフルな一撃からはギャップがあるが、ウィドウの攻撃は力に裏打ちされた確かな技術によって構成されていた。

「オオオオンッ⁉」

ウィドウが攻撃を避けている間に、ガイアウルフの目が矢によって打ち抜かれていた。

ガイアウルフの弱点は、狼でいうところの脳の位置にある核なんだが、それを見事に一撃で打ち抜いている。

ちらと後ろの方を見れば、憮然とした表情のままアイリスが矢筒に手を伸ばしていた。

彼女は俺の視線に気付くと、こちらをキッと睨んでくる。

もう結構な時間を一緒に過ごしていると思うんだが、アイリスだけは一向に打ち解けようという気がない。

「ハッ！」

ウィドウとは逆側から接近していたエルザが、手に持ったレイピアを使いガイアウルフを片付ける。

その手際は鮮やかで、流れるような動作には美しさすら感じさせる。

エルザはかなり身体が柔らかく、そのおかげで通常の前衛であれば不可能な角度や姿勢から一撃を放つことが可能だ。

対魔物戦でも相当に有効だろうが、恐らく彼女が真価を発揮するのは対人戦になるだろう。あれは明らかに人を殺すことを目的として開発された剣術だ。

以前戦ったことのある暗殺剣の使い手と同じで、相手側の認識の隙をつくような戦い方をしている。

俺が見ているうちにエルザはあっという間に残る三匹を処理してしまい、最後についた土を剣を振って払った。

基本的に魔術師というのは、全ての戦闘に必ず参戦することはない。

魔力という物理的な限界があるため、そんなことをしていたら普通はすぐにガス欠になるからな。

エルザからは戦闘参加の判断は各自でしていいと言われているため、俺はわりと楽をして進むことができている。

なにせ俺よりもルルの方が積極的に働いてるくらいだからな。

「魔石だけ回収お願い」

「ほいほーい」

「了解っ！」

「それが終わったら、先へ進みましょう」

何もしていない俺の仕事は、もっぱら魔石の取り出し係だ。

今回は魔物を察知して以降は出番がなかったライザと一緒に、土まみれになりながら魔石を取り出していく。

向こうがこれでいいって言ってるんだから、俺は黙って従うだけだ。

しっかし楽ができていいな。

『戦乙女』の労働環境は驚くほどにホワイトだ。

うちの会社も、彼女達を見習ってくれたらいいのに。

どうやら『戦乙女』のリーダーとして皆と仲良くなってほしいと思っているらしく、俺はエルザに言われるがままに毎回別のメンバー達と夜番をすることになっていた。

最初の夜番はルルと話して終わり、次の夜番はウィドウと皆に内緒で少しだけ酒を飲んで終わり、その次の番はライザとたわいもない話をしているうちに終わった。

一応これでもサラリーマンとして無難に生きてきたから、同じ仕事をするパートナーとの最低限のコミュニケーションくらいは問題なくできる。

腹を割って話せるほどするりと心の隙間に入り込むことなんかできないが、当たり障りのない話をして悪印象を持たれないくらいのことなら俺にだって十分可能なのだ。

エルザの目論見通りというのはなんだか悔しいが、俺は出発前と比べると、明らかに『戦乙女』のメンバー達と話すことができるようになっていた。

今では軽い冗談くらいなら交わし合える間柄になっているほどだ（ただし、まったく歩み寄る気がないアイリスは除く）。

そして今回は、リーダーであるエルザと一緒に夜番をすることになっている。

夜番は実は俺にとっては癒やしの一日だ。

だって夜番じゃない日は、徹夜で仕事しなきゃいけないいんだもん。

なんでこんなことになってるんだ？

……って、よく考えなくても俺のせいか。

いや、俺は悪くないよな。

だって……俺は悪くないから！（思考放棄）

はぁ、しっかしダブルワークってキツいな……。

大学の頃にバイトを七つ掛け持ちしてた渡辺先輩、一体どんなタイムスケジュールで生きてたんだろ。

今元気にしてるのかなぁ。

大学の頃の知り合いってさ、ちょっと打算ありきの関係性だから、卒業してからしばらくすると途端に連絡取らなくなるんだよなぁ……。

「タイラー、起きてる？」

「……今起きた」

久しぶりの睡眠から覚め、テントを抜け出る。

そしてエルザと一緒に夜番をすることにした。

魔物は野生動物と同様火を怖がるため、火さえ絶やさなければ魔物の襲撃はあまりない。戦闘も、多くとも二、三回程度で済む。

正直夜番では、魔物の強さより眠気の方が恐ろしい。

眠ってる状況で無防備に攻撃されれば、それだけで一発アウトなことも多いからな。

前世の時の俺は、多少のリスクを抱えてでも同じく周囲を警戒している人と話すようにしていた。

そして『戦乙女』の子達も似たような考えの人が多いらしく、これはもう警戒というよりおしゃべりタイムといっても過言ではなかった。

だが今回はせっかくリーダーのエルザとサシで話ができるチャンスだ。

この機会に気になっていたけど聞けなかったことなんかを、深掘りしていくことにするか。

「なぁ、一つ聞いていいか？」

「何かしら？」

「このパーティーの調査依頼に、俺って本当に必要か？」

まず一番気になっていたのが、いくら『収納袋』を持っているとはいえ、果たしてこの依頼に俺が必要だったかということだ。

『戦乙女』の総合力はかなり高い。

ミスリルランクに恥じぬだけの力はあるし、彼女達の戦闘は既に今の五人の状態で完成されている。

なので俺も戦闘では、邪魔にならないようなタイミングで魔法を差し挟むくらいしかすることがない。

既に実力を隠す気もなく好きなようにやっているからまだ入る余地があるが、今の俺みたいな芸当は正直ただの銀ランクの魔術師には不可能だ。

冷静に考えると『収納袋』に惹かれて俺という異物を入れても、そのせいでパーティーとしての力が発揮できない可能性の方が高かったように思える。

そうなれば調査依頼は今よりはるかに難航していたはずである。

俺を入れることで得られるメリットより、入れたせいで被るデメリットの方がずっと大きいのだ。

仮にもミスリルランクまで昇級しているのだから、そこに思い至らぬエルザではないはずだ。

ぶっちゃけると俺は、適当に死んでもらってどさくさ紛れに『収納袋』を手に入れるつもりだと疑ってたし。なんなら今もちょっと疑ってるし。

「端的に答えを言うのなら、これから先のために必要だと思ったって感じかしら」

「これから先？」

「ええ、私達『戦乙女』は今までどんなこともメンバー五人で力を合わせて切り抜けてきたわ。けどその弊害というか……皆男性に対する免疫がなくて」

『戦乙女』はそもそもは、別々に活動していたエルザとアイリス、ウィドウの三人が組んでできたパーティーらしい。

彼女達の共通点は、パーティーが男女の仲のせいで崩壊してしまったという点だった。

それなら女だけで組めばいいじゃないかと安直に考えたのが、そもそもの始まりだったという。

「手数が足りなくなって新メンバーを入れるってなった時も、当然ながら女の子の中から選んだわ。ライザとルルが入ってくれてまったく後悔はしてないけど……そのせいで皆、ちょっと男嫌いをこじらせちゃってね」

エルザとウィドウはそこまででもないらしいが、アイリスは男関連でトラウマがあり、大の男嫌いらしい。

彼女が色々と暴れたせいで『戦乙女』は男嫌いの純潔集団という話が定着してしまったようだ。若いライザとルルもアイリスに色々と吹き込まれて、男＝怖いという図式が脳内にできつつあるらしい。

その様子を見て、エルザは流石にマズいと思ったそうだ。

「今はいいけど、これから更に上を目指すとなれば、男と関わらないのなんて不可能よ。時には貴族からのいやらしい視線にだって耐えなくちゃいけないし、同業の男達と合同で討伐依頼を受けることだってあるはずだわ」

「だからその練習台的な感じで、俺を選んだってことか？」

「まぁ……そんな感じかな。ほら、タイラーって中性的で、あんまり男らしくはないじゃない？もちろんいい意味でよ」

「そんなとってつけたようなフォローはせんでいい。いい意味って言えばなんでもありなわけじゃないからな？」

今までのこともあるため、男と依頼を受けるためには、何か理由が必要だった。

そこで見つけたのが、偶然にも『収納袋』を持っていた俺だったというわけだ。

まさかエルザが目を付けたのが『収納袋』じゃなくて俺の方だったとは、流石に予想外だったな。

ていうか、俺ってそんなに中性的か……？

男らしくないって言われて、地味にちょっとショックなんだが。

まあたしかにこの世界の冒険者って皆マッガスみたいなガチムチか、チンピラか夜盗の親類みたいなゲスがほとんどだからな。

奴らと比べると俺が人畜無害に見えるというのもわからなくはない。

「目的が別にあるんなら、調査依頼の方は途中で切り上げるのか？」

「いいえ、そちらももちろん、ちゃんとやりきるつもりよ。最悪中断してもいいかなとは思ってたけど……タイラーが色んな意味で予想外だったからね」

「俺は意外性ナンバーワンの男だからな」

「言ってなさい。実力を隠して銀ランクのままだなんて、ずいぶんもったいないことをしてると思うけど……まあ人の生き方なんてそれぞれだしね」

エルザが苦笑しながら、眠気覚ましのハーブを噛む。

スッと差し出された葉を、俺は黙って受け取った。

歯で擦ってすりつぶすと、ミントのようなスッとした香りが鼻を突き抜ける。

こうやって自然に気配りができるエルザは、きっと苦労性なのだろう。

なんとなくだけど、自分から色々と抱え込むタイプなように思える。

エルザが現代日本に居たら、部下の仕事を自分で抱えて残業していることだろう。

「それにしても、まさかあんな風にルルが男の人と笑って話してるだなんて……ちょっと前には想像できなかったわ」

炎を反射してオレンジ色に光る彼女の横顔は、子供が成長したことを素直に喜ぶ親のように見えた。

ふいに表れた大人びた表情を見て、少しだけ胸が高鳴る。

けどそれを認めたくなかった俺は、ゴリゴリと歯でハーブを噛みつぶすのだった――。

探索が十日目に入ると、いよいよガルの森の中部と深部の境目のあたりまでやってくることができた。

ここまで来ると、流石に目に見えて異常がわかるようになってくる。

――明らかに、森の生態系がおかしくなっているのだ。

本来なら深部にいるような魔物が、境界線を越え中部までやって来てしまっている。

このままでは中部にいる魔物が逃げるために浅部へと向かい、そして浅部にいる魔物は街や街道へと向かうことになるだろう。

そんなことになれば、間違いなくイラの街に被害が出る。

「無理はしないように安全第一でいきましょう」

中部までは連携を確認するためやお互いの実力を確認しておくために積極的に戦闘をしてきた。

だがここから先は、とにかく魔物と戦わないことを重視するらしい。

深部の魔物といちいち戦っていてはキリがない。

ガルの森の深部には、マッガスのような金ランクのパーティーでも二の足を踏むような凶悪な魔物達がわんさか出てくる。

それに、俺らの目的はあくまでも調査だ。

エルザの言葉は冒険者からすると臆病に見えるかもしれないが、考え方としては正しい。

結局のところ、安定志向で無理をしないパーティーが長生きして、結果として一番稼げるんだよな。

エルザの堅実っぷりに内心で舌を巻きながら進んでいく。

道中、魔物との遭遇はなかった。

サクサクと進めて最初はラッキーと思っていたが……進んでいく度に、違和感は大きくなっていく。

既に地図がない未踏の地まで進んでいるはずなのに、一度も魔物と遭遇していないのだ。

何かに追い立てられているにしても、明らかにおかしいだろう。

「おかしいわ……奥へ行けば行くほど魔物は活発になって、襲撃の頻度も増えるはずなんだけど……」

「一旦戻ってから、ライザに魔物を探してもらいましょう。腑分けの一つでもすれば、情報は得られるはずよ」

アイリスの提案に、エルザが渋々といった様子で頷いた。

『戦乙女』がここまで来るのは二回目らしいが、前回はこんな風ではなかったという。

前に潜った時は魔物を倒せば、血に引き寄せられてまた新たな魔物が来て、そこから漁夫の利をかすめ取ろうとする魔物がやってきて……と際限ない戦いになったらしい。

「あれはもう二度とやりたくないから、今回は可能な限り戦いは避けるつもりだったんだけど……しょうがないわね。皆、それでいいかしら?」

全員が頷くのを確認してから、踵を返して一度中部と深部の境界まで戻り始めるエルザ。

当然ながら俺も、彼女達についていく。

というわけで俺達は、最奥にいるであろう『何か』を刺激しないよう注意しながら深部の魔物を探すことになった。

『戦乙女』の中で最も魔物の探索に長けているのはライザだ。

俺たちは彼女の邪魔にならないよう、少し離れたところで息を潜めることにした。

「……」

ライザが耳を澄まし、瞳を閉じる。

シン……と虫の音一つなく静まっている森の中で、彼女の体内にある魔力がざわざわと動いているのがわかった。

魔力の使い方は、何も魔法に限られているわけではない。

魔力を身体で循環させることができれば己の肉体を強化させることもできるし、例えば身体の一部に魔力を集めることで感覚を強化することもできる。

魔力を使った身体強化はどちらかと言えば武人寄りの領域であり、魔法に関して以外はからきしだった俺は前世では使うことができないでいた。

ただ、今世ではまだやってなかったな……もしかしたらできるようになってるかもしれないし、後でやってみることにするか。

そんな風に考えが横道にそれていくうちに、ライザが目を開く。

彼女は一度小さく頷いてから、北東の方角を見つめていた。

「あっちにいるね、多分一匹」

以前ライザは、自分は目と耳がいいと言っていた。

恐らく彼女は魔力を使い、視力や聴力を強化することもできるのだろう。

感覚強化は身体強化をかなり高い水準で修めて尚、届かない者も多い技術だったはず。

やはり『戦乙女』は逸材揃いだな。

「一人でやる。援護もいらない」

ライザが指さした方向へ、アイリスが弾丸のように飛び出していった。

――おいおい、マジかよっ⁉

いくら魔物の反応が近くになさそうとはいえ、ちょっと不用心過ぎるだろ。

森の異変がなんなのかもまだわかってないんだぞ。

「ちょっと待ちなさい、アイリス！」

エルザが慌てた様子で走って行き、俺達もその彼女の後に続いて駆け出す。

走っていると、俺のペースに合わせてウィドウが併走してくれる。

彼女は小さくなっていくアイリスの背中を見つめながら、眉間にしわを寄せていた。

「もしかするとアイリスは、焦ってるのかもしれない」

「焦ってるって……一体何を？」

「決まってるだろ。このままだとなし崩し的に、男と関わるようになるかもしれないって思ってるんだよ」

俺は『戦乙女』の面子とずいぶんと打ち解けることができた。

俺なりに頑張っていたんだが、どうやら上手いことやり過ぎてしまったらしい。

ルルやウィドウと楽しく話をしている俺を見て、アイリスの中にこのままではマズいという危機感が生まれた。

だから自分達だけでやれることを改めて証明するために、一人で飛び出していった。

恐らくそんなところだろうと、ウィドウが話を締める。

「なんだよそれ、俺のせいか？」

「もちろん、アイリスのせいさ、タイラーは何も悪くない。でも、あの子の男嫌いは相当だからさ。あんまり詳しくは言わないけど、男にひどいことをされかけたことがあったせいで男性不信がひどくて……っ!?」

ウィドウは言葉に詰まり、彼女の顔に影がかかった。

彼女が最後まで言い切ることができなかったのは、突如として頭上に大きな何かが現れたからだ。

俺もウィドウも、まるで呆けてしまったかのように足を止めて空を見上げる。

「GYAAAAAAAOOOOO‼」

はためく翼と、距離があって尚わかるほどの巨大な体躯。

深紅の鱗を持ち、ぎょろりと眼窩を睥睨する琥珀色の瞳は、思わず後ずさってしまうほどの迫力がある。

どんな金属鎧すら容易く貫通してみせるほどに強靱な牙を持ち、自在に飛翔しながら獲物を狩る空の王者。

魔物の中で最強との呼び声も高い、そいつの名は——。

「——ドラゴンだとっ⁉」

「まずい、アイリスの方へ向かってるぞ！」

ドラゴンが飛んでいき、急降下を始めた場所。

そこには完全に魔物に意識を向けており、上空への警戒がおろそかになっているアイリスの姿があった——。

【side アイリス】

私は男が嫌いだ。

いつも下卑た視線ばかりよこしてきて、そのくせにこちらを侮ってくるから。

男達が集まって話をすれば、その内容は大抵の場合くだらないものばかり。

誰がかわいい、誰と付き合った、自分の趣味がどう……どうでもいいことに熱を上げている姿は、傍から見ているとバカにしか見えない。

もう一度言う。

私は男が嫌いだ。

そして、そんな風に思ってしまう……自分が嫌いだ。

私はどこにでもいる普通の農家の次女としてこの世に生を受けた。

貧しくもなく、それほどリッチでもない家庭だったけれど、両親は私のことをとってもかわいがってくれた。

自分で言うのもなんだが、私は美人だ。

いったいお父さんとお母さんのどこをどう掛け合わせればこんな顔になるんだろうというくらいにパーツの形も配置も整っている。

美人というのは、大抵の場合得をする。

世の中というのは、そういう風にできているからだ。

私もその例に漏れず、小さい頃から姉妹の中では一番ちやほやされて生きてきた。

そのせいでお姉ちゃんからも妹からも陰口を叩かれることが多く、あまり姉妹仲は良くなかったように思う。

持たざる者は、持つ者を羨むものだ。

自分には手に入らないものだからこそ恨み、妬み、嫉む。

私はかわいく生まれたせいで、とにかく他人からひがまれることが多かった。

正直、うっとうしかった。

もっと普通の子に生まれていれば、もっと普通の生き方ができたのに……。

面倒なことの方が多いから、私は村ではいつも、一人で過ごすようになっていた。

そしてすることもなくだらだらしていた私を見た元狩人のおじいちゃんは、私に弓を仕込んでくれた。

私には才能があったらしく、弓の腕はめきめきと上がっていった。

そしてどうやら魔力を扱う才能もあるらしく、私は無意識のうちに魔力で肉体を強化し、普通の女の子ではありえないほどの強弓の使い手になっていた。

今まで何かにこれほどのめりこんだことはない。

弓を極めてみたい。

生まれて初めてハマったものを突き詰めたいという衝動が、私の身体を突き動かした。

私は十五歳になると同時に、村を出ることにした。

その時になって知ったんだけど、私の両親は私と村長の息子であるカタンとの婚約を勝手に進めようとしていた。私の意思なんかまったく無視して、だ。

カタンは私のことをいやらしい目で見てくる、嫌な男だった。

彼と結婚すれば将来安泰……だから何だというのだろう？

将来のためにそれ以外の全てを犠牲にしろとでも言うのだろうか。

両親のそれは、完全に要らぬお節介というやつだった。

婚約をきっぱりとはね除けた私は、憂いを断ったと一安心して家へ戻る。

その帰り道でのことだった。

私は後ろから、思い切り押し倒された。

振り向けばそこに居るのは、はぁはぁと荒い息を吐くカタンだった。

彼は獣の顔をしていた。

瞳はギラギラとしていて、その奥はドロドロに濁っている。

背中を這い回る指先は太いミミズがのたくっているようで、とにかく気持ちが悪かった。

暇な時間で狩りを仕込んでもらったことを、これほどまでに感謝したことはない。

私はある程度自由に使えるようになっていた身体強化を使い、カタンをボコボコにした。

殺しては両親に迷惑がかかるため、あくまでも顔がパンパンに腫れる程度に加減はしておいた。

そのまま急いで家へ戻り、予定を切り上げてその日のうちに村を出ることにした。

すると報復のためか、村の若い男達が皆で私を追ってこようとした。

私は逃げた。

時に容赦なく罠を使い、足跡を偽造し、狩人として仕込まれた知識を総動員して彼らから逃げ続けた。

私は今でも思い出す。

カタンのあの気持ちの悪い獣欲と、私を組み伏せようとする男達の下卑た顔を。

灯りもない中でガタガタと震えながら彼らをやり過ごさなければいけなかった、あの時のみじめさを。

あの日から、私は男という存在が嫌いになった。

男なんて皆、一皮むけばただの獣だ。

だから私は、男が嫌いだ。

それからも私の男嫌いは治るどころか、むしろ悪化していった。

冒険者になり、男女混合でパーティーを組んでも、やはり男は問題ばかり起こすからだ。

だから私は、女だけでパーティーを組むことにした。

『戦乙女』は私にとっての聖域だ。

ここでなら私は、男の影に怯えることもなく、安心して過ごすことができる。

もちろんこの考え方を矯正しなくちゃいけないことはわかってる。

だってこの世の中にいる人の約半分は、男性なんだから。

けど今すぐになんて無理だ。

あのカタンの指の感触が、男に関する全てを気色悪さに書き換えてしまう。

あの記憶が薄れる時が来るまで、もう少しだけ……。

けれどだたまに思うのだ。

その時というのは果たして待っているだけで、やってくるものなんだろうか……と。

全てがおかしくなったのは、あの男を臨時のポーターとして共同で依頼をこなすとエルザが言い出してからだった。

銀ランク魔術師のタイラー。

昼行灯などとも呼ばれている、なんだかよくわからない男だ。

エルザの話では、彼が持っている魔道具があれば任務の達成率が上がるらしい。

彼はするりと自然に、私達『戦乙女』の輪の中に入ってきた。

私が追い返そうとしても、他の子達は実にあっけなく彼のことを受け入れてしまう。

あんた達、わかってるの⁉

男なんかを信じたら痛い目見るわよ！

日に日に仲が良くなっていくタイラーとメンバー達を見て、私は苛ついていた。

あんな男がいなくたって、依頼達成は私達『戦乙女』だけでできる！

思えばそれがいけなかったのだろう。

私の放った矢は、深部に住まう魔物であるロックオーガの眉間をしっかりと打ち抜いた。

けれど私が完全にロックオーガに意識を集中させていた時を狙い澄ましたかのように——実際、タイミングを窺っていたのだろう——何かの影が、私の全身を覆い隠すようにかかった。

影はどんどんと大きくなっていく。

ある程度近づいたところで、飛翔してこちらに襲いかかってくる敵の正体が判明した。

その正体はドラゴン——討伐ランクはミスリルを超えてオリハルコンとも言われる、最強の魔物のうちの一体だ。

今の私じゃ、勝てない。

それどころか『戦乙女』で力を合わせても到底倒せないような相手だ。

ドラゴンがわずかに首を動かしたことで、その視界に他のメンバーも映っているのがわかってしまった。

どうしよう、私のせいだ。

勝手に焦って一人で飛び出したせいで、皆にまで迷惑をかけて……なんて馬鹿なことをしたんだ、私は。

狩りの最中は冷静にならなくちゃいけないことなんて、わかってるはずなのに。

風を切りながらこちらに急降下してくるドラゴンのスピードは、今まで見たどんな魔物よりも速い。

多少動いたところで避けるのは不可能だろう。

為す術なし、万事休す。

私の頭は完全に真っ白になる。

ドラゴンが、がぱりとその口を大きく開く。

ぎっちりと詰まった乱杭歯が迫ってくる。

私は全てを諦めて、目を閉じた。

ごめん、皆――。

ガインッ！

硬いもの同士がぶつかるような音が響き、身を縮こまらせる。

けれどやってくると思っていた痛みは、いつになっても訪れなかった。

（なんだろう、これ……すごく、温かい）

閉じた瞼の裏から感じたのは、白い光だった。

恐る恐る目を開くと、私の目の前に真っ白なバリアが展開されていた。

恐らく聖属性魔法の一種だろう。

だが今まで自分が見たどんなものよりも清らかで、そして美しかった。

迫っていたドラゴンの一撃を防ぐほどの硬度があり、同時に人を虜にするだけの美しさを兼ね備えている。

芸術品のようなその美しい白の結界に、私は思わず見とれてしまっていた。

（でもこれは……ルルのものじゃない、それは断言できる）

ルルの実力はよく理解している。たしかに彼女の聖属性魔法は素晴らしいけれど、そもそもルルは回復魔法以外の聖属性魔法は不得手としていたはずだ。

だとすれば一体誰が目の前のバリアを張ってみせたのか。

消去法で考えれば、その可能性は一つしかない。

「ふぅ……なんとか間に合ったか」

気付けば私の前に立っていた、一人の男。

今まで見たことのない七色に光る杖を持って立っているのは——何度も見ては憎らしいと思っていた、あのタイラーだった。

「大丈夫か、アイリス？」

くるりと振り返って、タイラーがこちらを見る。

彼はこちらを窺いながら『収納袋』の中から何かを取りだしていた。
一、二、三……合わせて十の指輪を、左右のそれぞれの指につけていく。
魔法に対する造詣がそこまで深くない私でも、それら一つ一つがとてつもない魔道具であることがわかる。

「ＧＹＡＡＡＡ‼」

タイラーが指輪を嵌めている間も、ドラゴンはバリアを破ろうと何度も突撃を繰り返していた。

けれどタイラーが張ったと思しきその白い結界はドラゴンの侵入を完璧に拒んでいた。

タイラー、あんたは、一体……？

「なぁに、安心してくれていいぞ。何せ……ドラゴンを討伐するのは、初めてじゃないからな」

そう言って再びくるりと振り返り、ドラゴンと相対するタイラー。

先ほどまで感じていた負の感情が、一瞬のうちに消えてしまう。

彼の横顔を見た私の胸は……なぜだかどきりと高鳴った。

第三章 真の実力

「GRUUUUU……」

どうしてこうなった。

俺は目の前でこちらを睨んでいるドラゴンを見つめながら、ここ最近の自分の行動を振り返っていた。

『戦乙女』に何を言われても無視していれば良かったのだろうか。

エルザはそんなに悪い人間ではないから、恐らく彼女は俺の秘密を声高々に言いふらすようなことはしなかっただろう。

いや……そんなことをしていたら師匠のお孫さんであるルルを死なせてしまっていた。

アイリスが暴走しなくとも、奥まで進めば遅かれ早かれドラゴンには見つかっていたはずだ。

間違いなくタイミングが違っただけで、見つかるという結果は変わらなかっただろう。

つまりこうして俺が『戦乙女』を助けることができている今が、多分最善だっただろう。

……なんだ、それなら悩む必要もないな。

今後の『戦乙女』とのことを考えると頭が痛いのは確かだが……今はそれよりも、

「GRYUUUUUUU‼」

「目の前の相手に集中しなくちゃだな……」

ドラゴンのランクはミスリル～オリハルコン。

竜種はとにかく個体によって強さが異なる。

基本的には寿命が長く、そして長生きすればするだけ強くなるって感じだ。

そのため二つのランクにかかるように、幅広く設定されている。

さて、では目の前のドラゴンの強さはどうか。

鮮やかな赤の鱗に、少しだけ膨れた喉。口の端からちらちらと見える揺らめく炎。

まず間違いなく火属性のドラゴン――火竜だろう。

文献でしか見たことはないが、恐らくレッドドラゴンかボルケーノドラゴンあたりだと思う。

ドラゴンは頭がいい。

けれどこちらを睨んでくるドラゴンは明らかに俺のことを餌としか認識しておらず、こちらに向けているのは侮った視線だ。

身体の動きにも無駄が多く、そして俺が以前狩った個体と比べて身体も大分小さい。

恐らくまだ成体になるまでには成長していない幼竜だろう。

強さはミスリルの中でも上から数えた方が早いくらいだろうか。

ガチガチの成体ドラゴン相手だと流石に逃げの一手しかなかったが、このくらいの子供なら今の俺でも問題なく倒すことができるだろう。

だが幼竜とはいえ、火竜が暴れるのを放置していては、ガルの森がめちゃくちゃになってしまう。

かんしゃくで山火事でも起こされれば、森そのものがなくなってしまいかねないしな。

とりあえず禍根は、ここで刈り取らせてもらうぞ。

「本気を出すのは、ずいぶんと久しぶりだな……いや何年ぶりだよって話だよ、本当に」

転生してからは本気なんか出したことないから、誇張なしに三百年ぶりのガチ戦闘だ。

少しだけ心が躍ってくる。

果たして今の俺にどこまでできるのか、わくわくする気持ちを抑えられない。

久しぶりに嵌めた指輪の位置を確認しながら、杖を向けた。

俺の杖――『賢者の杖』の先端に嵌めてある虹色の宝玉は、その名を『賢者の石』という。師匠が復元に成功した、あらゆる魔力の根源的な部分を司る万能の石だ。

こいつはめちゃくちゃ簡単に言えば、魔力に関するもの全ての力を底上げしてくれるという馬鹿げた性能をしている。

そしてそんな『賢者の石』の最も恐ろしい点は、同じ『賢者の石』以外の他の魔道具との魔力的な干渉を行わない点だ。

つまりどんな魔道具を使ったとしても、それらと喧嘩し合うことなくパワーアップを行ってくれるのである。

ゲーム的な言い方をすれば、武器防具でもないのに能力全てを底上げしてくれる強力なアクセサリーといった感じだろうか。それが鎧や武器の能力値を超えているため、完全なバランスブレイカーである。

「とりあえず森を焼かれると困るな……ドラフティング」

星属性魔法であるドラフティングは、使用者の空中浮遊を可能にする魔法だ。

これを使えば効果が切れるまでの約十分間ほど、空中戦闘が可能になる。

俺が空を飛びながら見下ろしてやると、憤った様子のドラゴンがこちら目掛けて飛んできた。

翼をはためかせながらやってきたドラゴンの牙が迫ってくるが、その速度はさほど速くない。

ひらりとかわしてから、距離を取る。

俺とドラゴンが、空中で向かい合う形になった。

「いくぞ、トカゲ野郎」

「ＧＲＡＡＡＡＡ‼」

両手につけられた、合わせて十の指輪。

そのうちの二つが、同時に輝き始める。

赤い光と緑色の光。

そしてその二つを調和させるかのように、賢者の杖は二つを包み込む虹色の光を放ち出す。

「ヘルファイア、プラス……ウィンドバースト――フレアテンペスト」

相手を焼き焦がす地獄の炎と、全てを根こそぎにする荒れ狂う疾風が混じり合い、一つの火災旋風となってドラゴンへと襲いかかる。

「――ＧＹＡＡＡＡＯＯ‼」

大きく息を吸い込んだドラゴンが、ぷくっと大きく喉を膨らませてから、口から激しく燃えさかる炎を吐き出す。

ドラゴンが使うことのできる固有魔法であるブレスだ。

その威力は……さっき俺が使ったヘルファイア程度だ。

なんだ、これならやりすぎだったな。

両者の攻撃がぶつかり合い……ほとんど拮抗することもなく、ドラゴンのブレスが一瞬でかき消される。

そして勢いが衰えることなく飛んでいく俺の魔法が、ドラゴンの身体を焼き焦がした。

「ＧＹＡＡＡＡＡＡＡＡ‼」

「ふむ、火竜だが火魔法は効いてるな……」

成体になった竜は、己の属性に対する完全耐性を持つ。

一応確認のために火魔法を混ぜてみたんだが、減衰こそされているものの間違いなく効いていた。

これで魔法で姿を偽っている成体の線も消えたな。

ドラゴンがこちらを見つめてくる。

その顔には先ほどまではなかった、恐れの表情があった。

当然そんな表情をされたところで、手加減するつもりはない。

両手に着けた指輪のうち、トパーズとエメラルドとサファイアのマジックジュエルが光り出す。

十の指輪と、それら全てを支える『賢者の杖』。

この十一の魔道具を組み合わせて戦うのが、前世の俺の基本的なスタイルだった。

俺は魔術師の中では非才の部類だった。

無詠唱を使うこともできなければ、師匠のように一撃でどんな敵も粉砕できるような強力な魔法を使うこともできない。

故に俺は天才が至れる一点突破ではなく、凡才がたどり着ける万能の限界を求めた。

その結果がこの十の指輪の力を『賢者の杖』を使って底上げすることによって可能となる、即時の全属性魔法による臨機応変な戦闘だ。

「ウィンドバーストプラスタイダルウェイブプラスガイアストラッシュ——グラウンド・ゼロ」

暴風と津波が、鳴動する土に包み込まれながら一つの魔法となっていく。

複合魔法、グラウンドゼロ。

風・水・土の三属性の効力を持つ、俺が速攻で使える中ではかなり強い方の魔法だ。

「GYAAAAAA‼」

ブレス攻撃は、一度使ってから再度使うまでにクールタイムがある。

そのためドラゴンは今回は迎撃が間に合わず、正面から魔法を受けることになる。

強引に旋回したためわずかに狙いを逸らされたが、それでも完全に直撃だ。

翼に穴が空き、浮力を失ったドラゴンが体勢を崩したまま地面に落ちていく。

ピクピクと身体を痙攣させてはいるものの、完全に倒せてはいなかった。

それを見て少し落ち込む俺。

幼竜にこんなに時間がかかっていることを知られたら、天国の師匠に怒鳴られるだろうな。

宙に浮かび上がったまま、意識を集中させる。

そして今度こそとどめをさすための魔法を頭の中で編み上げる。

それは『星堕とし』に憧れ、その背中を追い続けた男が。

自分の持てる力を注いでなんとか再現することに成功した、攻撃用の星魔法。

「——プチメテオッ！」

はるか高くから落下する、魔法によって生み出した隕石。

発火現象を伴いながらものすごい音を轟かせて落ちてくるその一撃が、恐れと共に空を見上げるドラゴンの腹部を貫いた。

ドオオオンッ‼

森の中に衝撃が走り、鳥が木々から飛び上がる。

プチメテオが落下した地点の周囲に大きなクレーターができ、周囲の樹木を根こそぎに倒していった。

そしてその衝撃を直に食らったドラゴンは……今度こそ二度と、動くことはなかった。

男は、いつまでたっても子供の頃に持っていた少年の魂を失わない生き物だ。

わくわくやドキドキの前では、その他の全てがどうでもよくなってしまうのだ。

そんな少年スピリッツを思い出して童心に返り、楽しみながら魔法を使いまくっていた俺は……目の前の惨状を見て、急に冷静になった。

「……やりすぎたな」

翼や土手っ腹に大きな穴を開けられているドラゴンの死骸。

そしてその身体を貫通したプチメテオと、その衝撃でバキバキと音を立てながら倒れていった木々達。

下の方を見てみると、『戦乙女』の面々がこちらをじいっと見上げていた。

……どうしよう。

後先を考えず、欲望の赴くままに突っ走ってしまうのは俺の悪い癖だ。

だが俺はそんな自分が嫌いじゃない。

まあ、なるようになるだろ。

楽観……というより自棄になってもうどうでもいいやという状態で、俺は地面へ着陸することにした――。

俺の灰色の脳細胞がものすごい勢いで回転する。

着地する前にいくつもパターンを予想し、その全てがろくでもない結果に終わった俺は、彼女達の顔を見て考えることをやめた。

ええいっ、こうなればあとはノリと勢いでなんとかするしかないっ！

「お願いしますっ！　全部内緒にしといてくださいっ！」

俺は着地すると同時――流れるように美しいフライング土下座を決め込んだ。

力を見せた彼女達を害するつもりがない以上、俺にできるのはただ『戦乙女』の慈悲にすがることだけなのだ。

顔を上げることなく、額に地面をこすりつけながら必死に懇願する。

すると頭上から、はぁ……という聞き慣れたため息が聞こえてきた。

「なんで助けてもらった私達に貴方が頭を下げるのよ……とにかく顔を上げて、タイラー」

「はいっ！」

ズビシッと勢いよく上体を起こすと、『戦乙女』の面々の表情は様々だった。

エルザはしわの寄った眉間に手を当てており、ルルはキラキラと目を輝かせてこちらを尊敬の眼差しで見つめており、ライザとウィドウは面白いものを見るような目で俺を見ていた。

そしてアイリスは相変わらずそっぽを向いていた。

でもよく見ると、こちらをちらちらと見てきているのがわかる。

……一体なんなんだ？

「まず最初に礼を言わせて。アイリスを助けてくれてありがとう。ほら、アイリスも」

「うー……ありがと、タイラー」

「大丈夫か、なんか顔赤いぞ？」

「だ、大丈夫！　大丈夫だからっ！」

全然大丈夫そうに見えないアイリスが、慌てた様子でエルザの後ろに隠れる。

顔がゆでだこのように真っ赤になっており、なぜかちらちらと顔を出してはこちらを見つめてくる。

まあ、おかしくなるのも無理はないか。

ドラゴンに襲われそうになるなんて、まず間違いなく恐怖体験だろうし。

「それで話を戻すけど、流石に全部内緒にするって言うのは無理よ。調査依頼の名目上、森の異変の原因はきちんと報告しなくちゃいけないし、ドラゴンが倒されたんだから、そのこともきっちりと周知させておかないといけないわ」

「一応そこに関しては腹案があるんだが……」

そう言って俺は先ほど頭をフル回転して思いついたとある策を告げる。

最後まで話を聞き終えて、エルザは先ほどより大きなため息を吐く。

「無欲が過ぎるわよ……私達にしか得がないけど、本当にそれでいいの？」

「ああ、このままの生活を続けられるというのが俺にとって一番大事だからな。俺はただ、だらだら冒険者生活がやりたいだけなんだ」

「――わかったわ、恩人の願いだもの。皆も、それでいいわね？」

こうして俺達のガルの森の調査依頼は無事に完遂された。

さて、俺の思惑通りになってくれるといいんだがな……。

俺達がイラの街に戻り報告をすると、街中が沸き立った。

森の異変の元凶がドラゴンであったことが発覚したことで、ギルドは騒然とした。

けれどそれを発見だけではなく討伐まで成功させてみせた冒険者の存在により、更にその喧噪は大きくなる。

街に新たなドラゴンスレイヤーが生まれた噂は、すぐに街中を駆け巡っていった。

ポーターのお荷物魔術師を連れた状態で見事ドラゴンを倒してみせた者達の名は――ミスリルランク冒険者パーティー、『戦乙女』。

こうしてイラの街にまた一つ、新たな伝説が生まれるのだった――。

そう、俺が授けた作戦とは――『功が要らないなら、全部あげればいいじゃない作戦』である‼

「この街に生まれた新たなドラゴンスレイヤーに……乾杯っ！」

「乾杯っ！」

俺の目の前で、また見知らぬ誰かが『戦乙女』に杯を掲げていた。

ここ最近あまりいい話がなかった中、突如として駆け巡ったドラゴン討伐の報に、イラの街は完全に沸き立っていた。

酒飲みは酒を飲める新たな理由が生まれたことに喜んでいるが、今回は普段から酒場に入り浸っていないような真面目な奴らも酒場に押しかける事態となっている。

そのため酒場がどこもかしこもパンパンだ。

この『亀鬼亭』は普段は人気が少なくゆっくりと食事を楽しめる場所なんだが、イラの大通りから少し離れたところにある食事処でさえ、今はパンパンに客が詰まっている。

ドラゴンという言葉が与えた衝撃は、それほどまでに大きかったということだ。

俺はまた以前の基準で考えてしまっていたが、現在のディスグラドではドラゴンというのはたとえ幼竜だろうがなんだろうが、パーティーの一つや二つで対抗できるような存在ではない。

オリハルコンに届くとされている強さは伊達ではなく、通常であればドラゴンは発見と同時にキャメロン王国が騎士団と国軍を引き連れ、総力を挙げ討伐へ向かい、とにかく消耗戦を続けて勝ちを掴むような相手らしかった。

そんな相手を倒してみせたのが、この街期待のミスリルランク冒険者パーティーの『戦乙女』。ただ強いだけではなく、パーティーは女性のみで構成されていて、しかも全員が美人ときている。

そんなの、話題にならない方がおかしいというもの。

今ではどこに行っても「『戦乙女』が以前こんなことをしていた」だとか「『戦乙女』だと誰が一番かわいいか」などといったくだらない話で賑わっている。

その様子を見て俺はほくそ笑む。

(今や皆の目は、完全にドラゴン討伐を成し遂げた『戦乙女』に釘付けだ。ポーターの存在など、誰一人として覚えてはいないだろう。……計画通り)

新世界の神にでもなったような気分になりながら、俺は一人誰にも見られぬ角度で口角を上げた。

今では街中がセールをやっていて、酒が普段の半値以下で飲める。

お祭り騒ぎがあると参加したくなるのが人の性というやつだ。

乗るしかない、このビッグウェーブに。

「なぁそこのあんちゃん、あんたも『戦乙女』すげぇと思わねぇか？」

そんな風に思っていると、見知らぬおっちゃんに話しかけられた。

普段なら酔っ払いのおっちゃんの戯れ言だと適当にあしらうが、今は酒を飲んでふわふわしているのもあり、とりあえず流れに身を任せてみることにした。

「いや、実際『戦乙女』はすごいよ」

『戦乙女』はとにかくバランスがいい。

前衛であるエルザとウィドウはどちらも高いレベルで身体強化を修めており、ウィドウが注意を引いてエルザが有効打を狙いにいくという感じで役割分担もしっかりしている。

そこに遊撃であるライザと遠距離担当であるアイリスとルルも合わさることで、その戦いのパターンは一気に増える。

誰を主とするかによっていくつもの戦い方のパターンがあり、どんな相手とも互角以上の戦いができるようになっているのだ。

俺が酒の勢いで熱く語ると、赤ら顔のおっちゃんは少し驚きながらも、感心した様子で頷いている。

「あんた、ずいぶんと詳しいな……もしかしてファンかい？」

「……まあ、そんなようなものだな」

戦いを目の前で見てきたし、なんなら一緒に戦ったり夜番をしたりもした。

同じ依頼を受け、その様子を最前席で見ていたりもしたわけだから、熱量ならそこらのファンにだって負けやしないだろう。

「これは皆に聞くことにしてるんだけどよ。あんちゃんはどの子が一番かわいいと思う？」

「ふむ、悩むな……」

エルザはかわいいというより綺麗系だ（残念美人だけど）。

そしてウィドウはどちらかというと男勝りでサバサバしているので、彼女もまたかわいいとは少し違う。

アイリスには睨まれてばかりだから消去法でライザかルルだが……。

「ルルかな」

「おお、そうか。俺はアイリスさんが好きだぞ！」

師匠の孫補正を発動させ、ルルということにしておくことにした。

自分で言うのもあれだが、師匠思いのかわいい弟子だと思う。

しっかし、このおっちゃんはアイリス推しか……どうやら俺とは相容れない存在のようだな。

アイリスは態度も言動もキツすぎてね……。

俺的にはやっぱり、もうちょっとかわいげがある子がいいな。

「そうか、おっちゃんは物好きだな……」

「誰を好きな人が物好き、ですってぇ？」

「――あだだだだっ!?」

突如としてやってくる激痛に、頭が真っ白になった。

耳がものすごい勢いで引っ張られているのだ。

容赦なく掴まれてるせいで……み、耳がもげるっ⁉

俺の右耳の生殺与奪を握っているのは、小さくて白い指先だった。

ローブの奥から覗く見覚えのある顔に、俺は思わずごくりと唾を飲み込んだ。

「はぁっ、もう……どんだけ頑張って探したと思ってるのよ」

気付けば俺の背後に、アイリスが立っていた。

耳を掴まれた状態で横を向くと、どうやら彼女は怒っているようだ。

酒の席とはいえ、ちょっと口が滑りすぎたな。

反省して謝ると、耳を引っ張る力が弱まった。

……手は離してくれないんすね？

「え、ま、まさか、アイリ……」

「黙りなさい。タイラー、行くわよ」

「お前……容赦ないな」

推しと奇跡の対面を果たして感無量なおっちゃんを一瞥したアイリスは、一瞬で興味を失ったようだ。

彼女がぐっと、俺の耳を上に引っ張った。

耳はリモコンじゃないんだぞと思いながらも、俺は立ち上がりアイリスについていく。

「どこに行くんだ？」

「パーティーハウスよ……主役を置いて打ち上げを始められるわけ、ないじゃない」

「ちょっ、お前、そういう迂闊な発言をだな……」

「うるさい」

ぐっと強めに耳たぶを掴まれて、俺は反抗を止めさせられた。

もしかすると俺の耳は、本当にリモコンなのかもしれない。

アイリスに従うしか選択肢のなくなってしまった俺は、彼女に半ば連行されるような形でパーティーハウスへと向かうのだった……。

「おぉタイラー、遅かったな！」

パーティーハウスにやってくると、割烹着のようなエプロンを着たウィドウの姿があった。まさかそんな格好をしているとは思っていなかったので、驚く。

俺が戸惑っているのがわかったのか、ウィドウはちょっとだけ恥ずかしそうな顔をしてから、頭を振った。

「わかってるよ、似合ってないっていうんだろ？　でもほら、しっかりエプロンをつけておかないと料理の汁とか飛び散るし……」

「……いや、そんなことない。似合ってるぞ」

「そ、そうか？」

上目遣いでこちらを見てくるウィドウに、しっかりと頷いておく。

こういうのは中途半端に言うよりも、きっぱりと断言してあげた方がいい。

がっちりとした鎧を着けてごつい大剣を振り回している姿が脳裏に焼き付いていたせいでちょっと違和感を覚えただけで、その格好はなんらおかしくはない。

エプロンを着けているウィドウは、剣士というより大衆食堂で男勝りに調理鍋を振るう美人コックのようだった。

鎧を着けている時はわからなかったが、私服にエプロンだと女性らしい凹凸があることもわかる。

視線が胸の方に行こうとしたところで耳がミシミシと痛み始めたため、俺は視線をウィドウの顔に固定させておくことにした。

「というか『戦乙女』のご飯って、ウィドウが作ってるのか？」

「うん、うちのママに花嫁修業は一通り仕込まれてね。基本『戦乙女』の家事は私の担当だよ」

「そうだったのか……」

『戦乙女』で一番女子力が高いのはウィドウらしい。

意外……って言ったら失礼か。

ウィドウの女の子らしい一面を見て、なんだかドキリとする。

「それなら良いお嫁さんになれるな」

「そ、そうだね！　でもうちはパパが『自分より弱い男は夫として認めない』ってうるさいせいで、なかなか相手がいなくて……」

ここに来て初めて知ったんだが、どうやらウィドウの父は剣術道場をやっているらしい。

彼女の動きが大剣なのに洗練されていたのは、それが理由だったのか。

道場主をやっているくらいだから、父親は相当に腕が立つんだろう。

それだとウィドウの結婚は、まだまだ遠そうだなぁ……。

なぜかちらっちらっとこちらを見つめてくるウィドウに頑張ってくれと告げると、彼女は何故かがっくりと肩を落とした。

「わかってたさ……タイラーがそういうやつだってことは」

「このスケコマシ。や、やっぱり私がなんとかしないと……（もじもじ）」

「痛たたたたっ！！？」

耳がちぎれそうな勢いで引っ張られながらも、食卓へと移動する。

アイリスはなんかぶつぶつと言っていたが、耳が痛くてそれどころではない。

ダイニングにやってくると既にメンバーは全員揃っていて、俺達がやってくるのを今か今かと待ちわびている状態だった。

準備のいいことに、皆のコップにはワインまで注がれている。

「えーっとそれじゃあ乾杯の音頭を……」

んんっと艶めかしく喉を鳴らすエルザ。

それを見ていただけで、耳への圧迫が強くなる。

もう着いたんだから、そろそろ離してくれません？

「今回の一件で、私は自分達の力不足を痛感したわ。本来であれば私達『戦乙女』の旅はあそこで終わってしまっていたでしょう。しかし、運は私達を見放してはいなかった。タイラー、本当にありがとう。私達が今こうして打ち上げができているのは、あなたのおかげよ」

ようやくアイリスが耳から手を離してくれた。

回復魔法を使って痛みを取ってから、俺はこくりと小さく頷く。

そんな風に言われると、最悪皆を置いてテレポートで逃げればいいかとか考えていた分、なんだかむずがゆい気分になってくる。

だが少なくない時間を共に過ごしたことで、俺としても彼女達に結構情が移っている。

当然ながらルル以外の子達にもだ。

最初はお互い利用しようという利害関係からのスタートだったけれど、俺は今ではこの出会いに感謝している。

『戦乙女』との出会いは、今までどこか周囲と断絶しているような気分だった俺の心持ちを、大きく変えてくれた。

そのせいで色々と秘密を知られたりもしたが……正直、知られたのが彼女達で良かったとも思っている。

もちろん恥ずかしいから、正直に言うつもりはないけどさ。

「私達はタイラーに助けられて、そしてその功績を譲ってもらってドラゴンスレイヤーになったわ。でも、そんなハリボテじゃあ駄目。私達がドラゴンを倒せないくらいの強さのままじゃ、いずれタイラーの正体に感づく人も出てくるかもしれない。だから私達はもっともっと強くなって……そして今度こそ、私達だけでドラゴンを倒す！　未来のドラゴン討伐に、乾杯ッ！」

「「「「乾杯っ！」」」」

これじゃあ打ち上げっていうより、決起集会みたいだな。

でもこういう雰囲気も、俺は嫌いじゃない。

『戦乙女』の皆はドラゴンを目の当たりにしてひるむんじゃなくて、なにくそと自分達を奮い立たせていた。

精神論ではないけれど、俺は結局のところ一番大切なのは、諦めないことだと思う。ドラゴンを見ても心が折れなかった彼女達は、きっとこれからまだまだ伸びていくだろう。ワインを舐めるようにちびちび飲みながら、楽しそうに話している『戦乙女』達を見守る。

特等席から見つめる彼女達は、キラキラと輝いていた。

なるほどたしかに、俺はもう『戦乙女』のファンなのかもしれない。

「タイラーさん、もしよければ私に今度みっちりと魔法を……」

「なぁタイラー、今度ぜひ実家の道場に……」

「タイラー、あの空飛ぶ魔法って一体何属性の……」

しかし……女の子五人の空間に男の俺が一人ぽつんと入っているこの空間は、なんというかものすごく……居心地が悪い。

少し離れたところから後方彼氏面をしながら見ていたいという欲はあるんだけど、俺にはあまり直接関わりたいという欲はないのだ。

ＣＤは買っても握手会には行かないタイプの俺には、このキャピキャピとした空間に居続けることに限界を感じ始めていた。

そこで俺はふと、気付いてしまった。

俺は彼女達には、自分の持っている力を隠す必要がないのだ。

「そういえば俺、魔術師だったわ」

魔術師とは何か。

それはあらゆる問題を魔法で強引に解決してしまうことのできる存在だ。

自分の思いついた名案にほくそ笑みながら、それじゃあと手を上げる。

そしてなぜか俺に飛び込んでこようとするアイリスとこちらを見て口を大きく開いているメンバー達を見渡してから……。

「テレポート」

浮かび上がるような感覚と一瞬の意識の空白がなくなった時には、既に俺は現代日本へと帰ってきていた。

「ねむ……」

家に来て安心したからか、一気に睡魔がやってくる。

ガルの森で探索をしながら同時にテレワークも続けるというのは、回復魔法があるとはいえ正直キツかった。

俺は限界を迎えそうになっている身体をなんとか動かし、そのままぽふりとベッドの上に倒れ込んだ。

「ぐごおぉ……」

そして酔って気分の良い状態のまま、一瞬で眠りにつき、朝まで爆睡するのだった——。

第四章　変わる日常と変わらないリアル

「困るよ鏡君、今回は納期が間に合ったからいいものの……」
「そもそもうちの社風は社員全員が一丸となって……」
「だからこそたとえテレワークであろうと、しっかりと上司に顔を向けることが社会人としての……」

俺は子供の頃、叱られることが大嫌いだった。

説教というのはたいていの場合長いだけで大した意味がないし、叱るくらいなら何かしら目に見える形で罰してもらった方がよほどマシだと思っていた。

叱られると眠くてあくびをしたくなるが、あくびをすれば叱られる時間が延びる。

説教は子供の頃の俺にとって、拷問と同義だった。

故に俺は人のふり見て我がふり直せとばかりに、周囲を見て何が駄目なのかを研究していった。

そして叱られることのない行動パターンを確立し、いわゆるいい子ちゃんとして成長してきた。

けれど社会人になると、学生時代の頃のようにはいかなかった。

なぜなら社会や会社というのは、学校のように生徒を守って育てるものではなく、利益を追求するものだからだ。

彼らが何よりも守らなければならないのは利益であって、会社員の優先順位はあくまでも二の次なのである。

社会というのは理不尽を煮詰めたような場所だ。

絶対に無理な仕事量や明らかに不可能なノルマを渡され無理ですと正直に言えば、怒鳴られる。

なぜならそれだと利益が出せないからだ。

そして会社においては、社長や執行役員こそがルールだ。

会社は利益を出すためのものであるはずなのに、利潤だけを追求することもできないという、本末転倒に陥っていることも多い。まったくもって、意味がわからない場所。

テレワークなのに出社を義務づけるという意味のわからない制度を決めたのは、昔ながらの体育会気質な役員の一人だという。

俺がよくわからない理由で叱られているのは、完全にそいつのせいだ。

俺も三田課長もこんな無駄なことをしている暇があったら、働いた方が会社の利益に貢献できるだろう。

こんなことばっかりしてるから、日本は生産性が低いって言われるんだぜ。

俺は今日もまた、くどくどという四文字で要約できる上司のお叱りを聞き流す。

叱られすぎたせいで、子供の頃はあれほどいやだった説教も今ではまったく気にならない。むしろ仕事をやらずに給料が発生するのだから、お得じゃないかとすら思えるようになっている。これは時給換算になった今だからこそ感じられるありがたみだ。

俺は時給が発生するありがたいご高説を聞きながら、今日も適当に出社を終えた。

　定時が近くなると、サラリーマンというのは二種類に分かれる。

　仕事をやる気がなくなり早く定時がこないかなぁとそわそわし出すやつと、バリバリ残業をするつもりなので時計すら見ずに仕事を続けるやつだ。

　うちの社員は後者のやつの方が圧倒的に多い。彼らは給料を残業代込みで考えているのだ。ちなみにいっておくと俺は前者だが、そわそわする無駄な時間がなくなるようそういった時間をメールチェックやシュレッダー処理などの雑事で潰すようにしている。

　付け加えるなら五反田は五時ぴったりになる瞬間に仕事を終えることのできる特殊能力を持っている。あそこまで行くと一種の才能だと思う。

　終業のチャイムが鳴り、ぐっと背筋を伸ばす。

　小さな頃から聞き慣れた電子音のチャイム。

　公園の砂場でも都会のビル群の一画でも、妙に機械的に聞こえる音は変わらない。

　少しくたびれた革の取っ手を持ち帰ろうとすると、目の前に影がかかる。

　誰かと思って見てみれば、俺の二期後輩の瀬下いちかだった。

　生き物のように跳ね回るポニーテールに目が行ってしまう、リスを彷彿とさせるかわいい系の女性だ。

　社会人も三年目になり新卒のようなスーツに着られている感は消えたものの、その愛らしい印象は変わらぬままである。

「鏡さん、今日空いてますか？」

「いちかか。俺は基本的にいつでも空いてるぞ」

「それなら飲みませんか？」

「いいぞ」

立ち上がり、グッとサムズアップ。

かわいい女の子との飲みは、いつだってウェルカムだ。

「ちょっと鏡さん、俺の時と態度違くないっすか⁉」

横から割り込んでくる五反田に、当然だろうとだけ答える。

後輩だけど多分俺より給料もらってる五反田と、後輩でかわいい女の子である瀬下。

どちらにいい態度をすべきかなど、自明の理だ。

三人分出すと諭吉が飛んでいくなぁと思っていたが、意外なことに五反田は軽く挨拶だけすると帰っていった。

「それじゃあ行きましょ、先輩っ！」

「おう」

俺たちは退社して、駅の方へと歩いて行く。

当然向かうのは、行きつけの店（前に五反田と行ったどちゃくそチェーン店）だ。

……女の子と行く時のために、もう少しムードある店を開拓しておくべきかもしれない。

いちかはうちの社内では、結構な高嶺の花だ。

明らかに顔選抜で採用している受付嬢よりも整った目鼻立ちをしていて、おまけに仕事もできる。

うちの会社の中で何人も彼女を狙っている人がいるくらいだ。

だが意外にも、俺はいちかの浮いた話というのを聞いたことがない。

こうしてたまに飲みに行きはするが、基本はくだらない話ばかりしている。

「お疲れ様です」

「うぃーす」

カチリと音を鳴らすグラスを持ち上げ、中に入ったハイボールを飲んでいく。

俺は『とりあえず生』信仰がギリギリない世代なので、ビールは飲まない。

苦くてプリン体もあるとなると、ハイボールに置き換えない理由がない。

ちなみにいちかの方はというと、シャンディガフを飲んでいた。

いや、より年下のお前がビール飲むんかい（シャンディガフはビールを使ったカクテルである）。

お互い適当に、食いたいものを頼んでいく。

俺は軟骨の唐揚げ、ポテトフライ、エビのフリッターといった感じで揚げ物を攻めていく。いちかが頼むのは水菜と豆腐のサラダ、長ネギ串、トマトのカプレーゼと野菜中心だ。

「串はぼんじりでいいですか？」

「おう、タレと塩一本ずつな」

この店にも何度も来ているため、注文は二人でバランスが取れるようになっていた。

店員がお通しを持ってやってくる。

今日のお通しはミニおでん。

中に入っている肉団子とうずらの卵の濃いめの味付けが憎い。

思わず酒が進み、二杯目を頼む。

安く酔っ払うために、次は麦のロックだ。

一杯五百円、安くもなく高くもない居酒屋価格の焼酎を舐めるように飲んでいく。

酒も飯も、こっちの方が圧倒的に美味い。

あっちは素材がいいんだが、料理人（俺）の腕がイマイチなせいでどうしても食材頼りの味になっちゃうからなぁ。

「鏡さん、なんか変わりましたよね」

「そうか？　俺はそんな意識ないんだが」

お茶割りを飲みながら、いちかが俺の分の串をこちらによこす。

ありがとうと礼を言ってから、次は俺の方がサラダを取り分けて渡してやる。

「なんだかちょっとたくましくなったっていうか……男らしさが増しましたよ？」

「……たしかに、今筋トレしてるからな。それに週五労働からも解放されたから、いきいきしている自覚もある」

足の方がむずむずすると思ったら、ちょんちょんっといちかが俺の腿の辺りをローファーの先端で撫でていた。

妙にむずがゆく身じろぎしていると、いちかがにこっと人好きのする笑みを浮かべてくる。

そしてそのまま、ぐぐっと前のめりになってこちらに顔を寄せてきた。

距離が一気に近付き、いちかがシャツのボタンを開けているせいで谷間が見える。

というか、距離が近いせいでシャツ越しに下着が透けて見えていた。

……紫か。

しかしいちかのやつ、酔っ払ってるにしても限度があるぞ。

お前、こんなことするやつじゃなかっただろ。

「ぶーっ、先輩つまんなーい！　全然平常心だ！」

俺の態度があまり変わらないのを見て、いちかが頬を膨らませる。

そのまま背もたれに身体を預けると、シャツのボタンをかけ直しながらこちらをジト目で見つめてくる。

そのまま酒をぐいっと一気に呷り、一度目を閉じてから開く。

するとそこには、俺の知っているいつものいちかの姿があった。

「はーあ、つまんない。私も仕事辞めたいな……辞めて、鴻南とかでサーフィンとかしながらノマドしたい。いっそのこと、鏡さんのところで一緒に仕事したいな」

以前と比べてなんだか態度が違っているような気がするいちかだが、話をしているうちに距離感にも慣れてきた。

恐らくこっちをからかって楽しんでいるんだろう。

こういうのは基本的に、真面目に取り合わないのが吉だ。

「わかってますか？　こんなことするの、先輩にだけなんですからね」

「はいはい、わかったわかった」

「本当かなぁ……」

しかし、『戦乙女』と関わるようになったのがこんなところで活きてくるとはな。

かわいい女の子に免疫をつけてなかったら、完全にいちかにハートを掴まれていたかもしれない。

もしかすると俺の知ってる男達は、いちかのこういった小悪魔的なテクニックに心を奪われたのかもしれない。

その後は適当にいつも通りに話をして、カードで会計を済ませて解散する。

二軒目行きましょうといういちかの誘いは、断固として拒否させてもらった。

しっかり自制が利くうちに撤退するのが吉だ。

「鏡さん、それじゃあまた明日っ！」

「俺、テレワークなんだが……？」

「いいじゃないですか、ケチケチしないで来てくださいよ！」

言っていることがめちゃくちゃになり始めているいちかを電車に押し込み、俺は逆の路線の電車に乗って家に帰る。

つ、疲れた……でもいちかと楽しく飲めたから、仕事の疲れは吹っ飛んだ気がする。

けど、からかわれたのは悔しいな……恐らく恋愛偏差値はあちらの方が圧倒的に高いんだろうが、いつかはぎゃふんと言わせてやりたい所存だ。

さっさと帰って明日に備えなくちゃな。

明日はルルに魔道具製作の授業をする予定だから、家に戻ったらすぐ寝ることにしよう。

――前世の記憶を取り戻してから半年ほど。

異世界の方が落ち着いてきたおかげで、こちら側でも徐々にいつものペースを取り戻しつつある俺であった。

ディスグラドでの俺の日常は、以前と比べると少しだけ変わっていた。

その理由は当然ながら、ドラゴン討伐に俺が同行していたことにある。

『戦乙女』の面々が黙ってくれているおかげで俺が倒したことまでは感づかれることはなかったのだが、色々と情報が深掘りされていくうちに彼女達に俺が同行していたという事実だけはわりと早い段階で発覚してしまったのだ。

そのせいで俺のギルド内での悪名は、以前にも増して轟いている。

以前は腐れ魔術師扱いだったが、今じゃあ完全に『戦乙女』にまとわりつくコバンザメ扱いだ。

……どっちもひどすぎてあんまり変わんない気もするが、そこはノーコメントで。

まあ、とにかく俺は以前よりも多くの人のヘイトを受けることになった。

目立つのが嫌なので正直不本意なのだが、『戦乙女』と関わり始めたから仕方のないことだ。

一種の有名税と思って受け入れるしかないだろう。

それに悪いことばかりでもない。

『戦乙女』と一緒にいるところを見られてぐぬぬ……と羨ましそうな視線を向けられたりすると、優越感を覚えて鼻の穴がデカくなっちゃったりするしな。

何より俺の異世界ライフにかわいい女の子達が入ってきたことで、ＱＯＬは爆上がりだ。

かわいい子って、目の保養になっていいよね。

ただかわいいだけじゃないから、取り扱いには細心の注意が必要だけど。

『戦乙女』の連中とつるむようになったことで、生活自体にも変化があった。

俺は以前と変わらず適当に依頼を受けて日銭を稼ぎ、江戸っ子もびっくりなその日暮らしをしている（当然ながら、ランクも以前と変わらず銀のままだ）。

だが基本的には暇人なので、空いている時にアイリスなんかに連れられて『戦乙女』の面々と一緒に時間を過ごすことが徐々に増えていた。

といっても、そんなに多いわけじゃない。多くても週に二、三回程度だろうか。

俺としても『戦乙女』という同業者の友人達ができたことは、正直ありがたい部分も大きかった。

何せドラゴン討伐の折に、彼女達には魔法に関してはかなりの部分を見られてしまっている。それに『収納袋』の力も、彼女達の前なら自重せずに使える。

彼女達の借家でなら、何かを使ったり食ったりしても情報が外に漏れるようなことがないし。

誰にも言えなかったという部分が自分でもストレスになっていたらしく、俺は彼女達と一緒に行動するようになって、以前にも増してのびのびと過ごすことができるようになった。

　一応今も詳しい事情は説明していないが、それでも問題はなかった。

『戦乙女』の面々はその辺りはしっかりしていて、明らかにおかしなところがあっても俺から強引に情報を引き出そうとすることはない。

「誰にでも隠したいことの一つや二つはあるものよ」

　そう言って根掘り葉掘り聞いてこないエルザには、本当に感謝しかない。

　その恩返しというわけではないけれど、俺は定期的に彼女達の調理場を借りて料理を作ったりもしている。

　せっかくだし、今日も作りに行こうかな。

　ちなみにウィドウとは身体強化の訓練、ルルには魔法の指導なんかもしているから、まるっきり遊んでいるってわけでもない。

　一緒にいる時は……そうだな、体感七割くらいが遊びって感じだな！

　それでも多いだって？

　バカ言うな、三割も真面目モードなんだぞ。

　異世界ではめちゃくちゃ適当にしている俺からすれば、大真面目もいいところだ。

　遊びに行く度に、アイリスには「部屋は空いてるからこっちに移ってきなさい」と言われたりもしているが……流石にそれは遠慮させてもらっている。

　そこまですると、『戦乙女』好きの男達に刺されかねないからな……まあ今でもブチギレ案件なのは間違いないが。

あ、そうそう。

ドラゴンスレイヤーとして正式に認められたことで現在『戦乙女』の知名度はぐんぐん上がり続けており、最近ではなんとファンクラブまでできている。

意味がわからないんだが、なぜか国外にまで会員がいるらしい。

会ったことがない女の子達のファンクラブに入る……俺には謎だが、きっと異世界のオタク文化は複雑怪奇なんだろう。

まあこんな風に、若干の変化はあり賑やかにはなりながらも、俺の異世界ライフも平常運転に落ち着いている。

今日は朝からウィドウと身体強化の訓練だ。

いずれは俺も、彼女みたくぶんぶんと大剣を振り回してみたいところである。

「ちょ、ちょっと待ってください！」

「私はあいつの関係者よ！」

「だからって無理矢理……」

「んぅ……」

むにゃむにゃ、なんだか外が騒がしいな……。

言い争っている二人の声も妙に聞き覚えがあるような気もするが、まあ流石に気のせいだろう。

だってあいつがこの『可能亭』にいるはずがないし。

「ほら、起きなさいタイラー！」

ドカァン！

勢いよく開け放たれるドア。

閉め切っていて真っ暗だった部屋に外からの明かりが入ってきて、瞼の裏が照らされてオレンジ色に光る。

続いてドカドカという足音が聞こえてきたかと思うと、かけていた布団が剥がされる。

身体を揺すられるが……誰だ、母さんか？

「あと五分だけ寝かせてくれ……」

「あと五分……じゃないっ！　起きなさいタイラー、ウィドウとの約束の時間過ぎてるわよ！」

「あだだだだだっ⁉」

耳の痛みにうめきながら目を開けると、そこにいたのは頬に空気を溜めてリスみたいになっているアイリスだった。

え、ここ『戦乙女』の家だっけ……？

寝起きで頭が回らない中、寝ぼけ眼で確認してみたが、そこにあるのはまともに家具一つ置かれていない室内と、床に脱ぎ散らかされた服だけだ。

どこからどう見ても、俺が借りている『可能亭』の五号室である。

なんでアイリスが、俺の部屋に来てるんだ？

いや、そういえばこいつさっきなんか言ってたな……。

「ちょっと、うちのタイラーさんにひどいことしないでください！」

「これは教育よ、余所の家庭が勝手に口を出さないで！」

「お前も別に、俺のママじゃないだろ……」

アイリスが腕を組んでふんぞりかえり、アンナはしゃーっと威嚇しながら犬歯をむき出しにしていた。

アイリスの背後には鬼の幻影が浮かび、アンナの背後にはかわいらしいたぬきの幻影が見える。

鬼対たぬきって……たぬきがかわいそうすぎるな。彼我の戦力差は圧倒的だ。

だが実際の戦闘力はおいといて口げんかならアンナも達者らしく、二人はどちらも引かずにガミガミと言い争いをしていた。

その甲高い声を聞いているうちに、寝ぼけていた意識がはっきりしてくる。

外を見ると、たしかにお日様の上り具合から考えても朝ではない。

ウィドウとの稽古の約束の時間は大幅に過ぎている。

恐らくそれに業を煮やしたアイリスがわざわざうちまでやってきたんだろう。

つまりこれは、完全に俺が悪いということだ。

「最近名前が売れてるからって調子に乗りすぎなんじゃないですか⁉　人の家に勝手に上がり込んで！　一体何様のつもりですか？」

「私はアイリス、今日からタイラーのママになる女よ」

アイリスが俺のママ……？

口げんかが進みすぎて二人とも自分で何を言っているかわからなくなり始めていたので、なんとか仲裁を試みることにする。

「アンナ、いいんだ。約束の時間破ったのは俺だから」

「でも、この女、勝手に宿に上がり込んで横暴すぎます！」

「アイリス、お前は俺のママじゃないし、アンナにそんなにキツく当たらないでくれ。これからこの宿に居づらくなるだろうが」

「私だってあんたが時間通りに来てれば、わざわざこんなとこまで来なくて済んだんだけど？」

「こんなところ、ですってぇ？」

「何よ、やるの？」

「どうどう、落ち着くんだ二人とも」

だが仲裁は見事に失敗した。

けんか腰の二人を仲直りさせるだけのぶっ壊れコミュニケーション力は俺にはないのだ。

なので俺は二人を説得することを諦め、おとなしく荷物をまとめてからかけてあったローブを羽織り、宿を出てしまうことにした。

「アンナ、行ってくるわ。アイリス、行こう」

「ちょ、ちょっと待ちなさいよっ」

俺はまだアンナと話し足りなさそうなアイリスの手を引っ張り、無理矢理宿から引き剥がしてしまうことにした。

さっきまで怒っていたアンナは、なぜか俺達を見て物欲しそうな顔をしていた。

相変わらず、女の子が何を考えているかはまったくわからない。

にしてもこの二人、なんでこんなに仲が悪いんだろうか。

アンナは元から人好きのするかわいらしい子だし、アイリスだって男に対する扱いがひどいだけで、女の子への態度は別に悪くはなかったはずだ。

とりあえずこの二人をかち合わせることがないように、もう遅刻はしないようにしようと心に決める俺であった。

待たせてしまったウィドウには、謝罪の意味も込めて美味しいお菓子でも買っていくことにしようかな。

アイリスと一緒に『戦乙女』の家にやってくると、そこには真剣な様子で素振りをしているウィドウの姿があった。

俺は彼女の方へダダダダダッと勢い良く駆けていき……そのままジャンピング土下座をかます。

「すまん！　完っっっ全に寝坊した！」

「いやいや、別にそんなに気にしなくていいって。一人なら一人でやりようはあるしさ」

開口一番に思い切り頭を下げて謝ると、ウィドウが苦笑しながら軽く手を振ってくれる。

本当に気にしていない様子に内心でホッとしながら、手に持った紙の箱を手渡す。

ジャンピング土下座の勢いが良すぎたせいで、箱が少しへこんでいた。

……マドレーヌを買っておいて良かった。

クッキーやケーキだったら、崩れて大惨事になってたかもしれない。

「これ、お詫びの気持ちの焼き菓子だ。後で食べてくれ」

「本当に気にしなくていいのに……でもありがと、後で皆で食べさせてもらうよ」

どうやら機嫌を取ることには成功したらしく、ウィドウの頬がわかりやすくほころぶ。

一連の様子を見て頷いてから、アイリスは家の中へと入っていった。

アイリス、なんだか本当にママみたいになってきてるんだが……。

準備運動と柔軟をしてから、すっくと立ち上がる。

ウィドウが真剣な師の顔になり、こちらを見つめた。

「よし、それならまず始めに意識を集中。体内の魔力を循環させて」

俺が現在彼女から教わっているのは、ある程度強力な前衛であれば使うことのできる、魔力による身体強化だ。

前世の俺はこの技術と致命的なまでに相性が悪く、結局最後まで使うことができなかった。当時の苦手意識もあり食わず嫌いをしてたんだが、あのガルの森の探索時に感じた、もしかしたらという感覚に従ってやってみると……なんと普通にできてしまった。

前世ではどれだけ練習してもまったくできなかったのにとも思うが……まあ現実というのは、案外そんなものなのかもしれない。

身体強化という新たな技術が使えるようになったわけだから、磨かない理由はない。

実は前世では、秘かに魔法剣士に憧れていた俺である。

その夢を叶えるべく、『戦乙女』の中では一番身体強化が上手いウィドウに師事させてもらっているのだ。

（身体にある魔力を意識して……）

まず最初に精神を集中させる。

そして意識を身体の奥へ奥へと集中させていく。

すると体内を巡っている魔力と、一箇所にとどまって淀んでいる魔力が認識できるようになってくる。

それらの二種類の魔力を認識したら、次はそれらを一つの流れに変えていく。

まず感じたのは、右膝の辺りから足まで向かい、そのまま再び右膝を抜けていこうとする魔力の流れだ。

その流れに意識を集中させ、魔力を継ぎ足していく。

偏在する一つ一つは小さな塊を、流れに足していくイメージだ。

すると魔力の流れは大きくなっていき、循環の速度が上がっていく。

身体の内側が熱を持つようになり、俺が何もしなくても自動でグルグルと全身を回るようになっていた。

目を開けると、ウィドウが満足げな表情をしているのがわかる。

「よし、それじゃあ素振り百回！」

「押忍！」

ウィドウに言われるがまま、木剣を手に持って振るう。

中段に構えた剣を、振り上げ、振り下ろす。

普通なら何度か動いただけで息が切れるはずのもやしっ子の俺だが、何度素振りをしても息一つ乱れることはない。

おまけに剣を振る速度も明らかに速くなっており、俺が先ほど振った剣の残像が見えるほどの速度まで上がっていた。

「違う！　もっと脇をしめて！」

「軸足に力が入ってない！」

「力みすぎ、腕じゃなくて全身で剣を振るんだ！」

そして高速で素振りをする俺の身体に、ビシビシと木剣が飛んでくる。

俺の明らかに人外じみた動きにしっかりとついてきながら、ウィドウが素振りのフォームを矯正してくれているのだ。

しっかし、こうやって高速で動いている自分の身体を見るのはどうにも慣れない。

自分の身体が自分のものではないような感覚になってくるというか、違和感がすごいのだ。

たとえるなら、軽い乗り物酔いのような感じだろうか。なんだかふわふわしているというか……。

続けているうちに慣れるとウィドウは言っていたし、今は彼女の言葉を信じるしかないか。

「動きに無駄が多い！　タイラー、余計なことを考えてるだろ！」

「す、すんません！」

「雑念を払え！　剣に集中！」

「お、押っ忍！」

俺は見事に言い当てられてたじたじになりながら、へとへとになるまで素振りを続けるのだった。


現在俺が『戦乙女』のパーティーハウスにやってくるのは、主に二つの理由がある。

一つはウィドウに身体強化の指導をしてもらうため。

そしてもう一つは、ルルに魔道具作りを教えるためだ。

俺としては、今では古代のものとなっている魔法技術を見せびらかすことにあまり乗り気ではないのだが、そうとも言っていられない事態が発生してしまったのである。

『戦乙女』はドラゴンを討伐したということになっている。

だが少し考えると、おかしなところに気付くだろう。

一体なぜ、彼女達がドラゴンを倒したことは公然の事実として認められているのか。

答えは簡単だ。彼女達が――ドラゴンの素材を持ち込んだからである。

ドラゴンの血は古傷すら癒やすとも言われており、ドラゴンの鱗は魔法を減衰させる特殊な能力を持っている。

目の前で炎の勢いを弱める鱗やみるみるうちに治っていく傷を見れば、誰もが信じざるを得なかったのだ。

これはドラゴンの素材なのだ……と。

ただその運搬にあたって、とある問題が生じていた。

ドラゴンの鱗は一枚が同じ重さの金よりも高く、ドラゴン一匹分の皮には庭とプールのついた豪邸を一等地に建てられるほどの値がつく。

けれどドラゴンは縦三メートル、横は尻尾まで含めれば十メートル近い巨体であり、素材を剥いでその全てを持ち運ぶことは難しい。

故にそんな貴重な素材を見逃す道理はないと、エルザが俺にこう頼んでくるのは当然の流れだった。

「あなたの『収納袋』にドラゴンの素材を入れてくれないかしら？」

提案自体は問題なかった。

だがドラゴン素材全てが入るとなれば、俺が『収納袋』を持っているというのがバレてしまう。

そのために俺が出した折衷案が……。

「『収納袋』はルルの作品だと嘘をつくことだったってわけだ！」

俺は自分の『収納袋』の中に入っていた、かつて自作した『収納袋』をルルに貸し与えた。

そしてその中にドラゴン素材を詰め込ませ、それをルルが作成に成功していた『収納袋』だと周りに誤解させることにしたのだ。

え、嘘をつくのは良くないことだって？

バカを言うんじゃない。

たしかに嘘のままなら問題かもしれないが、それを事実に変えればいいだけだ。

だってこれからルルには本当に――『収納袋』を作ってもらうんだからな。

「うー……」

ルルは一心に、革袋に魔術回路を刻んでいる。

魔道具を作るために必要なものはたったの三つ。

魔法的な効果を発動させるための魔法陣。

それを道具全体に行き渡らせるための魔術回路。

そしてそれら二つに魔法を組み込むために必要な触媒だ。

『収納袋』の作り方は、魔道具の中ではわりとシンプルな方だ。

まず最初に革を用意する。

そこに魔法陣を刻んでいき、その周囲に魔術回路を彫り込んでいく。

最後に魔力を込めた触媒を魔法陣と魔術回路をなぞるようにかけていけば完成だ。

けど何事も単純なものほど奥が深い。

『収納袋』は作るのは簡単なんだが、その内容量は作り手の技量によって大きな差が出てしまう。

俺が一人で作れば内容量は一軒家くらいだが、メルレイア師匠の手を借りれば容量はほぼ無限になる。

ルルが作ると……なんだかいつもよりちょっと入るような気がするって感じかな？

「革袋自体の形をイメージして彫り込んだ方がいいぞ。そのためにわざわざ革袋を解体してるんだからな」

「は、はいっ！」

本当なら革を用意して好きなように回路を彫り込んでから背嚢なり袋なりに仕立てた方が自由度が高いんだが、素人にいきなりそれをやらせるのは難易度が高い。

なので俺はまず最初に革袋を買ってからその縫製をほどき、その範囲内で回路を彫り込ませるやり方を取ることにしていた。

これをするとどんな回路を刻めば、袋にした時に効果が発揮するかというのが想像しやすい。

魔法陣を描くなら底の部分にした方が魔法効果が出やすいし、口の付近の革の距離が近いところでは回路が喧嘩しないように密度を減らす必要がある……といった具合に。

回路の書き方にはいくらでも種類があるし、魔法陣の正確さも大切だ。

それに触媒を全ての部分に同量振りかけて魔法効果の偏りが出ないようにする必要もある。

シンプルであるが故にモロに腕の差が出てしまうため、『収納袋』を見せるというのは自分の力量を見せるのと同義になる。

なのでルルに貸し渡す時、実は結構恥ずかしかったのはここだけの秘密だ。

ルルは回路の始点と終点の部分にあらかじめ印をつけておき、それらをつなげるように回路を彫っていた。

既に魔法陣の書き方と回路の彫り方のレクチャーは終えている。

後は本人の努力次第だが、恐らくそう遠くないうちにドラゴン素材が入るくらいの『収納袋』

は作れるようになるんじゃないだろうか。

「ほら、ここの空いたスペースなんか有効活用できそうだぞ」

「あっ、たしかに！」

「それと回路がちょっと煩雑になりすぎてるな。自分が今作ってる回路だけじゃなく、魔道具としての全体にもう少し目を向けた方がいい」

「は……はいっ！」

打てば響くというか、俺のアドバイスを素直に受け取って試すことでルルの魔道具作成の腕は着実に成長している。

その才能を見ると、やっぱり師匠のお孫さんだなぁと思わざるをえない。

（ひょっとしたら適当にやってる俺なんか、あっという間に抜かれちゃうかもな）

そんなことを考えつつ、俺は新たにできた魔道具作りの弟子の様子を見守るのだった――。


ギルドの依頼の張られている板――いわゆるクエストボードというやつだ――というのは基本的に一日に一度、朝六時前後に張り替えられることが多い。

そのため早朝の六時前後になると、冒険者ギルドには大量の人が押し寄せてくる。

特にクエストボードの前は必ずと言っていいほどに人だかりができていて、熱気がすごい。依頼が張り替えられるのはまだかと目をギラつかせる冒険者達も多く、雰囲気もあまりよろしくない。

なので俺が冒険者ギルドにやってくるのは、主に昼頃が多い。

その頃になると当然ながらめぼしい依頼は全て取られており、残っているのは割に合わないしょっぱい依頼や、常に討伐の要請が出続けているゴブリンやオークなどの魔物の討伐依頼だけだ。

だが、それでいい。

通勤時の満員電車が大嫌いだった俺からすれば、金のために朝早くから起きて、金のために必死に仕事に向かうなどということはもう二度としたくない。

だから俺はたとえ素泊まりしかできなかろうと——今日もオークを狩る！（きっぱり）

「あらタイラーさん、今日もお昼から仕事とはいいご身分ですね」

にっこり笑顔でこちらに毒づいてくるのは、受付嬢のミーシャだった。

彼女はなぜだかここ最近、妙に俺へのあたりが強い。

ミーシャはずっとソロで活動してきた俺に、誰かと組んだ方がいいと耳にたこができるほど言ってきていた。

ここ最近はたまに『戦乙女』と一緒に依頼をこなしたりもするから、むしろ彼女の要望に沿っている形だと思うんだが……なぜかミーシャはいつもご機嫌斜めだ。

女心というのは本当に難しい。

俺には一生理解できる気がしないな。

「朝から働く気にはなれないからな。適当にオーク討伐でもしてくるさ」

「変わりませんね……」

ちなみに今の俺の懐は、以前よりも大分潤っている。

それはなぜかといえば、エルザがドラゴン討伐の報酬は人数で頭割りだと言って聞かなかったからだ。

そのせいで結構な額を持ってはいるんだが、報酬が入ってきてからしばらく経ってからも俺はその金には一度も手をつけてはおらず、ギルドの銀行に預けっぱなしだった。

ギルドには冒険者が使える預金制度がある。

ただ預かってくれるだけじゃなく、なんと年利が一パーセントもつく。

日本の銀行にも見習ってほしい高金利だ（ちなみに死んだら金がギルドの懐に入ることになっているという特大のデメリットがあるが、遺言状を預けておけばそれは回避できる）。

金があるのになぜ冒険者生活を続けるかと言われたら、そりゃあもう俺は普通の生活がしたいからの一点に尽きる。

俺は身の丈に合わない金の使い方をする人間の末路というもんを、ニュースなんかで見聞きして良く知っている。

宝くじの高額当選人はかなりの割合が不幸になるというし、金銭感覚が壊れてもいいことなんか一つもないのだ。

そもそもがあぶく銭みたいなもんだから、何か機会があれば使っちゃえたらとは思っているんだけどさ。

適当にオーク討伐の依頼を受けると、さっさとギルドを後にしようと早足で歩き出す。

けど残念なことに、俺に立ち塞がるように見慣れない人影が現れてしまった。

明らかに俺の進路を妨害しようという位置取りの二人組の男達が、へらへらと笑いながらこちらを見つめている。

二人とも革鎧に身を包んでおり、右側の男は片手剣を、左側の男は斧を腰に提げていた。

「何か用か？」

「あぁんっ⁉」

「何か用か……だとぉっ？」

はぁ……と、俺はクソデカため息を吐く。

俺が街頭で見知らぬお姉さんに声をかけられた時くらいの早歩きでギルドを後にしようとしたのには、当然理由がある。

俺が『戦乙女』のドラゴン討伐に同行していたと発覚してからというもの、こんな風に有象無象の輩からいちゃもんをつけられることが明らかに増えたのだ。

「流石ドラゴンスレイヤーともなると態度が違いますなぁ！」

「なぁ、ドラゴン討伐の報酬がたんまりとあるんだろう？　酒場で一杯奢ってくれや」

その目的は、ほとんどが集りだ。

『戦乙女』相手だと厳しいが、それに同行していた魔術師程度なら脅しに屈するだろう。

まあ要は、舐められているのである。

「まあ、また何かあったらな」

「おい、ちょっと待てや！」

「無視すんじゃねー！」

適当に流してギルドを出ようとすると、肩を掴まれる。

——はい、これで正当防衛成立っと。

俺は既に循環させていた魔力を爆発させ、身体強化した状態で拳を振り抜いた。

「あがっ⁉」

「おごっ⁉」

鳩尾に一撃をもらった二人は、うめき声を上げたまま意識を失う。

あまりにうっとうしいので、もう最近はこうして実力行使をして黙らせるようにしていた。

魔法を使うと加減ができずに殺してしまうし、俺の魔法の腕がバレかねない。

身体強化の訓練にもなるため、最近はなるべく素手で相手を仕留めるようにしている。

おかげで対人戦の経験が積めてますよ。

一連の様子を見ても、ギルドの職員がこちらを止める様子はない。

冒険者というのは基本的に負け損、つまり負けたやつが悪いという原理で動いている。

なのでミーシャも俺を見て呆れたような顔をしているものの、何か言ってきたりするようなことはない。

「さて、もうこんなことをすることがないようにっと……」

俺はリュックから筆と墨を取り出すと、二人の顔に落書きをすることにした。

とりあえず額に肉と書いてから、閉じた瞼に目を描き、ついでに鼻毛も追加しておく。

喧嘩を売った以上殺されても文句は言えないんだから、これだけで済ませるのはむしろ寛大な処置と言えるだろう。

彼らの無様な姿を見てゲラゲラ笑い一通り満足した俺は、そのまま意気揚々とオーク討伐に向かうのだった――。


突然だが、テレワークというのは仕事の効率が悪くなるという話を聞いたことがないだろうか？

――あれはガチだ。

テレワークを現在進行形でしている俺が断言しよう。

以前高校の頃の同級生（同級生であって友達じゃない、ここ大事）と飲みの席があった時のことだ。

当時は感染症が猛威を振るっており、あちこちでテレワークが行われまくっていた頃。

自然、仕事の話もそういった方向に進んでいった。

「やっぱりよぉ、対面で仕事しなくちゃサボるよなぁ」

「全体の進捗管理とか大変だよなぁ、出社させたあの社長の意見もわかるぜ」

サラリーマン達で話していたところ、やはりテレワークはサボるよなという結論に至った。

何せ周りに同じ仕事をしている人がいるわけでもなく、一人暮らしなら周囲にはサボるためのゲームやスマホ、パソコンに本まであらゆるものが置かれている。

そして同棲や結婚をしている場合はそこに仕事のことをよく理解していない家族によって『洗濯手伝って！』や『子供の面倒見てよ！』といった家事イベントが発生し、結果的に仕事が全然進まないということだった（独身彼女なしの俺への嫌みかな？）。

仕事の効率を下げないようにするため、会社側も色々と対策を練っているのだという。

何時のタイミングで打鍵したかという記録が残るアプリを入れさせられて、しっかりキーボードに触れているかを確認したりされたりもしたんだと。

一時間打鍵しないと、上司からメッセージが飛んでくるらしい……いくらなんでも、恐ろしすぎない？

ちなみに俺の同級生の中島は、その監視の目をかいくぐるために適当にエンターキーを一分に一度押しながらマンガを読んでいたという。中島お前、猛者過ぎんだろ……。

なんにせよテレワークをしている限り、会社と社員の地獄のようなサボりのイタチごっこは続くというわけだ。

うちの会社は振られた仕事さえきちんとこなせば多少のことには目をつぶるというスタンスだ。俺にできるだろうという仕事量が割り振られ、しっかりと納期を守って提出した上でかかった総労働時間を提出する。

するとそれに時間がかかりすぎていなかったりする限りはオッケーが出て、その分の給料が支給されるというシステムだ。

人によって盛って申告したりもするが、俺はきちんと働いた分だけを申告している。

サボったりもしていない。

だが三田課長は基本渋い顔だ。

それは何故か、答えは簡単で——俺の仕事の効率が、オフィスにいる時より明らかに悪いからである。

（サボってるわけじゃないんだけど、なんか気が抜けちゃうんだよなぁ……）

俺にとってのリラックス空間である家で仕事をしているのが、良くないんだろうか。

ずっと家で仕事するのにも飽きたし、久しぶりに買い出し以外で外に出るか。

場所は関係ないわけだし、気分転換に喫茶店で仕事してみようかな……。

結論、喫茶店に行くと仕事の効率が大分マシになった。

恐らく周囲の目があるのがデカいんだろうな。

しかし、ここでまた新たな問題が一つ。

喫茶店代が……俺が思ってたより高い。

いくら二十三区とはいえ、コーヒー一杯６００円はぼったくり価格じゃないだろうか。

最近ニュースなんかで良く聞くようになったが、これも円安のせいなのか？

コーヒー原産国の通貨が安くなれば、コーヒー一杯１００円くらいになったりするんだろうか
……などと益体もないことを考えながら、コーヒーのお供のケーキを食べるのを我慢した俺は喫茶店を後にするのだった——。

「お、なんか届いてる」

　仕事を終えてから料理をする気力もなく、惣菜を買って家に帰ると、マンションのドアの前に大きめの段ボール箱が二つ置かれていた。

　ネット通販で何か頼んだっけかと、最近回りが悪くなってきた頭で考えてみるが、答えは浮かんでこない。

　けれど差出人の名前を見て、疑問が氷解した。

「なんだ、実家《ウチ》からか」

　よっこらせっと段ボール箱を持つと、中身は比較的軽い。

　とりあえず今回の中身は、米ではないようだ。

　家の中に入ってからすぐ、カッターを使いガムテープの切除に取りかかる。

　段ボール箱を開くと、中からは大量の野菜と果物が現れた。

　トマトとスイカとメロンと……おお、シャインマスカットまである。

　夏が終わって秋になり始めているため、彩りがずいぶんと豊かだ。

　ちなみにうちの両親は別に農家でもなんでもない普通のサラリーマンだ。

　けれど家が車じゃないと出社できない農村地帯のあたりにあるため、ご近所さんから大量に野菜や果物を譲り受けたり、売り物にはならないけれど味は問題ない二級品のブツを格安で譲ってもらったりすることが多いのである。

　田舎は狭い分、人とのコミュニケーションが直接に物を言う。

　こうして俺が美味しい野菜と果物にありつけるのは、コミュニケーション強者な母さんのおかげだ。

　さて、こんなに沢山もらっても、一人だとまず間違いなくダメにしてしまうだろう。

　となるとやっぱり、ディスグラドのご近所さんに持って行くのがいいだろう。

　トマトやブドウは見たことあるけど、メロンとスイカはまだ見たことがない。

　それならとりあえずあまり抵抗がなさそうなやつを持っていこうと、『収納袋』を取り出す。

　トマトを入れ、トウモロコシを入れ、次にシャインマスカットに手をかけた時のことだ。

　俺の手がピタリと止まった。

　こいつは一房でとんでもない値段がするが、その値段だけの価値を感じるほどに美味い。

『犯罪的な美味さのこのブドウくらい、独り占めしても許されるって。一人で全部食べちまえよ』

　俺の中にいる悪魔がそう囁いてくる。

　けれどその誘惑に勝ち、俺は緑色の宝石を『収納袋』の中へと入れた。

　食事は何を食べるかより、誰と食べるかだよな。

　悪魔の誘惑を振り払ってから、スマホを開く。

『野菜と果物、届いたよ。いつもありがとう』

　メッセージを送ると、一瞬で既読がついた。

　だが一分待っても返信がこない。

二分ほど経ってからようやく返信がくる。

『そっちはどう？　元気にしてるら』

多分だが、『？』と『ら』を打ち間違えたのだろう。

少し機械音痴な母さんのお茶目な間違いに笑いながら、元気だよと返す。

『年末は帰ってこれそう？』

『帰るよ』

『彼女連れて来てもいいからね！』

母さんというのは、なぜか自分の息子がモテると信じて疑わない生き物だ。

いないという残酷な現実をそのまま伝えるのは憚られたので、俺が適当に答えを濁すと、見たこともないダサいスタンプが返ってきた。

なんだよこれと思いながら、既読をつけてスマホの電源を切る。

「彼女ねぇ……」

顔を上げると、シーリングライトが真っ白な壁を更に白く染め上げている。

俺も今年で二十七。そろそろ彼女の一人もいないとヤバいとわかってはいる。

同級生の中には結婚式を挙げるやつらも増えてきているし、中には子供を作ってるやつだって少なくない。

今までは出会いがないんだよと言っておけばよかったが、ディスグラドへ行けるようになってからその言い訳は通用しなくなってしまった。

「冴えない安月給の契約社員のこっちより、魔術師として活躍できる向こうの方が相手は見つけやすいだろうか……」

向こうで相手を見つけたら、こっちの世界に連れてくるべきだろうか。

それとも両親をあちらに連れて行くべきだろうか。

そんな益体もないことを考えながら、俺はテレポートを使ってディスグラドへと向かうのだった。

転移した先は、『戦乙女』の玄関前だ。

俺はドアの内側に転移してから、近くにあるハンドベルを思いっきり鳴らす。

するとドタドタと、向こう側から大きな足音が聞こえ始めた。

俺が転移魔法を使えることは、既に彼女達には知られてしまっている。

そのため彼女達に隠す必要はないのだが、他の人にこの魔法のことを知られるわけにはいかない。

それに加えて、俺が『戦乙女』のパーティーハウスに頻繁に出向くのもあまりよろしくない。

前にアイリスに連れてこさせられたことからもわかるように、本人達はあまり気にした様子はない。

けれど俺の方が気にするのだ。

女だらけの家に一人の男が出入りしているとなれば、『戦乙女』の風聞的にもあまりよろしくない。

それに事実を知られれば、ファンクラブの会員達は間違いなくブチ切れるだろう。

というか怒りのあまり『可能亭』に突撃してきかねない。

彼らにはマジでそれくらいの熱量があるからな……。

というわけで俺は基本的には転移魔法を使って、直接『戦乙女』のパーティーハウスにやってくるようにしていた。

だがそれによって、また新たな問題が生じてしまった。

つまり俺が女の子達が住んでいる家の中に突然転移してくるというのが、デリカシーがなさ過ぎるという問題だ。

以前はこのせいで度々問題が起こっていた。

エルザがお腹を丸出しにしてボタンも外れまくっているだらしないパジャマ姿で眠りこけていたり。

ウィドウが勇気を出して髪飾りを着けようと手をぷるぷるさせていた時にやってきてしまったり、お風呂上がりにバスタオル一枚だけを巻いてくつろいでいるアイリスと遭遇してしまったり……。

そういったアクシデントを防ぐため、俺達は事前にある取り決めをした。

それは俺が転移して家に来る場合、やってくる場所を玄関に固定し、やってきてから置かれているハンドベルを鳴らすようにしたのだ。

　これによって向こうに準備をする時間が生まれ、ハプニングが起こることはほとんどなくなった。

　俺としてはちょっと残念な気もするが、この方がお互いの精神衛生上いいのだから仕方がない。

　待つこと十分ほど。

　ぎゃーぎゃーとやかましい声や、何かが倒れるようなどんがらがっしゃーんという音を聞きながら首を傾げていると、きっちりとした服を着込んだウィドウが廊下の向こう側から現れる。

「おおタイラー、今日はどうしたんだ？」

　今日の格好はいつものロングパンツとは違い、丈が長めのプリーツスカートだった。

　わずかに覗く内ももが、健康的に輝いている。

　いやぁ、おぢさんには眩しいヨ……（おじさん構文）。

「フルーツをもらったからな、お裾分けに来たぞ」

「なんだ、フルーツかぁ……」

「こらライザ！　その言い方はないだろう！　フルーツは高級品なんだぞ！」

　気付けばやってきていたライザが、頭の後ろで腕を組む。

　彼女が口をひょっとこにしていると、見かねた様子のウィドウがキレた。

　たしかに持ってきたものに微妙な反応をするのは、あんまりよろしくはない。

　けど俺からすると、ライザがそうやって反応するのもよくわかるのだ。

　というのもこのイラの街では……フルーツがマジでマズいのだ。

キャメロン王国の食料事情は、三百年前と比べても明らかに悪化していた。

以前は結界魔法を使った擬似ビニールハウスくらいならできていたはずだが、現在はそんなものは影も形もなくなっている。

そもそもの話栄養が足りていない者がほとんどで、栄養素よりエネルギー、とにかく腹を満たせみたいな考え方が主流になっている。

当然ながら遺伝子改良なんてものは存在しないし、そもそも品種改良自体も大して進んでいない。

それでも主食で生活に必要な穀物類はまだ食えるくらいにはなっているのだが、ビタミン類とか食事のバランスなんて考え方が普及していない王国では、果物の品種改良はマジでまったくと言っていいほどに進んでいない。

ブドウはワインにしたら美味しそうですね（京都弁翻訳）みたいなえぐみと酸っぱさが限界突破したものしかないし、イチゴなんかは潰して牛乳をかけてかろうじて食えるといったレベルのものでも銀貨一枚はする。

庶民にとっての果物とは、高いくせにマズい残念なデザート扱いをされるものなのだ。

だからライザの態度も別に、そこまでおかしなことではない。

だが……ふふふ、俺が持ってきたシャインマスカットを食べて尚、同じ反応ができるかな？

ただ、舐めた口を利くライザには少しお灸を据えてやることにしよう。

少しの意趣返しくらいはさせてもらっても、罰は当たらないだろうしな。

「それならライザへあげるのは一粒だけな。後は他のメンバーと山分けだ」

「えーっ!?　……ま、いっかぁ、ブドウあんまり得意じゃないし」

言質を取ってにんまりとしながら、俺はテーブルに向かう。

既にメンバーは揃っており、アイリスとルルは期待した目でこちらを見つめていた。

ちなみにエルザの方は、お手並み拝見という様子で一歩引いた感じで観察をしている。

「これが俺がいただいてきた伝説の果物……シャインマスカットじゃあ！」

俺は『収納袋』から、シャインマスカットをドヤ顔で取り出し、出しておいた皿の上にそっと載せた。

「何このブドウ……実がとんでもなくおっきくない？　これ、ホントにブドウなの？」

「す、すごく……おっきいです……」

『戦乙女』のメンバーの視線が、ブドウに集中する。

この世界のブドウは実が小さいくせに種がデカく、可食部位が少ない。

おまけに色も赤しかないため、皆まずブドウかどうかを怪しんでいた。

はっ、これだからフルーツ偏差値の低いやつらはよぉ！

現代日本じゃこれくらい普通だぜ、普通。

「色……緑色なのね。赤色じゃないブドウなんて、初めて見た」

「白っぽいから、これを使うと白ワインができるってこと？」

「ううん、ワインの色って果皮を使ってるかどうかだよ。ワインの色とブドウの色はまったく関係ない」

ウィドウがワインの基礎知識を披露している間に、俺は魔法を使ってブドウを瞬間冷却していく。

業務用冷凍庫を置き去りにする超速冷凍により、ブドウがあっという間に冷たくなった。

「さて、それじゃあ食べるか」

シャインマスカットを食べるのはずいぶん久しぶりだ。だって去年母さんから送られてきた時以降食ってないしな。

高すぎて、自分で買って食べようとは思えないんだよなぁ。

一房１５００円くらいはざらだし、安月給の俺からすると到底手の届かない高級フルーツだ。

もぎってぱくりといただくと、口の中に幸せが広がった。

暴力的なのに上品な甘さが、口腔を蹂躙していく。

うん、これだよこれ。

コンビニスイーツとかチョコレート菓子なんかじゃ補給できない、フルーツ特有の果糖の甘さだ。

酸っぱさもほとんどないし、ご近所さんのブドウ作りの腕は変わらず素晴らしいようだ。

目を細めながら味わって食べている俺の様子を見た『戦乙女』の面々も、好奇心から手に取って口に運ぶ。

そして……。

「「「……」」」

皆が口に入れた瞬間に、言葉を失った。

よくカニを食べている間は無言になるというが、ディスグラドではブドウを食べると無言になるらしい。

「――なに、これ……」

ぼそりとつぶやくアイリス。

彼女の言葉に、皆が無言で頷いた。

「こんなブドウ、食べたことないわ……これを食べたら、実家で出てくるフルーツも全部ただの水っぽい固形物にしか思えなくなりそう……」

エルザなんか、衝撃のあまりぽろっと個人情報を漏らしていた。

どうやら彼女の家は、普段からフルーツが食べられるような、かなり裕福な家庭らしい。

動作も流麗だし、多分だけどどっかの貴族家の三女四女あたりなんだと思う。

「ねぇタイラー」

「どうした、ウィドウ？」

「これ、いくらしたんだ……？」

「値段なんか気にすんな。高級フルーツだけど伝手があってな、年に一回だけもらえるんだよ」

「年に一回だけ……それも当然ね。こんなものを世に出せば、市場が崩壊するわ……」

シャインマスカットのおいしさにおかしくなり始めているのか、アイリスが妙なことを言い出した。

　というか皆、目がギラつき始めている。

「ねぇタイラー、来年もこれ持ってきてくれるわよね？」

「え、でもこのシャインマスカットは年に一度の俺の楽しみ……」

「くれるわよね？（威圧）」

「あ、はい……」

　女の子は甘い物が好きだというのは異世界でも変わらないらしい。

　気がつけば俺は彼女達の前に屈し、今後シャインマスカットを一房一緒に食べる契約を結ばされてしまっていた。

　……まあいいか、俺の場合どうしても食べたくなったら高級スーパーとかで買えば良いしな。けどその時は、絶対に黙っていることにしよう……。

　気付けば俺も含めて、皆でシャインマスカットの房に手を伸ばしている。

　その様子を見てから、俺はパシッと伸びかけている手のうちの一つを叩いた。

「ライザは一個だけな。さっきお兄さんと約束したよね」

「ごめんなさい後生ですなんでもしますから！」

　半狂乱になって叫びだしたライザを見て流石に不憫になったので、皆でブドウを食べることにする。

　合わせて六人で食べているので、あっという間にブドウはなくなってしまった。

俺が食べたの4粒くらいだったんだけど、不思議と満足感がある。

甘い物って一番美味しいの最初の一口だし、案外これくらいの量がちょうどいいのかも。

そんなことを思いながらもちょっとだけ物足りなさも感じてしまう、欲深い俺であった——。


俺は今まで、一つの考え方に囚われていた。

それは地球のものを異世界に持っていって使うことはあっても、異世界のものを地球で使ってはいけないという思考だ。

固定観念というのはよくないものだ。

人間視野が狭くなると、選択肢がグッと狭まってしまう。

もちろん、こちら側の方がリスクは高い。

至る所に監視カメラがあり、誰でも写真や動画を世界に発信することのできるこの現代の情報化社会では、個人の情報など簡単に特定されてしまう。

日本でディスグラドのものを下手に出すわけにいかないというのは事実だ。

だが下手に出すわけにいかないというのなら、しっかりと吟味した上で出せばいい。

「つまり誰にも見られずに一人で楽しむ分には、好きにやっちゃっていいってわけだ」

俺は一人、台所に立っていた。

今日は久しぶりに、日本で料理をしようと思い立ったのである。

思い返せば台所で調理をすること自体、かなり久しぶりだ。

見てみると三角コーナーには、何時入れたかもわからないくらい古のゴミが、かっぴかぴに乾燥して入ったままになっていた。

「まず最初は掃除からだな……」

カラ布巾とキッチン用洗剤を駆使しながら、塩素っぽい匂いを我慢して掃除を始める。

男の一人暮らしというのは、悲しいほどに自炊をしない。

俺がキッチンにやってくるのは、基本的に冷蔵庫の中で冷やしていたものを引っ張り出す時くらいだった。

埃を被った家電もしっかりと拭いていく。

使われているためあまり埃がついていないのは、電子レンジと冷蔵庫くらいだった。

そもそも朝に食パンを食べない派の俺がほぼ使う機会のないオーブントースターに、引っ越しの時に家電量販店のセールストークに負けて買ったはいいものの、まったく使われていない食洗機……今まで使われる機会もなく待ちぼうけを食らっていた家電達が、もの悲しそうにこちらを見つめている気がした。

なのでちょっとだけ念入りに拭いてやることにする。

物には八百万の神様が宿ってるって言うしさ。

うちのキッチンについているコンロはガスじゃなくＩＨだが、これはもはや使われなさ過ぎて物置になっていた。

上に載っていた酒の空き缶をゴミ袋に入れてから拭いて、戸棚の奥底で眠っていたフライパンを取り出す。

「そういえば引っ越してきてから使ってなかったけど、このフライパンってＩＨ対応なのか……？」

記憶を掘り起こしてみるが、値段が三千円くらいだったことしか思い出せない。

まあ使ってみればわかるか。

というか料理をするのにも一苦労だ。

次からはもうちょっとこまめに掃除をしないとな……。

ちょっとげんなりしながら、ＩＨの電源を入れる。

エラー音が出ないので、どうやら問題なく使えるようだ。

油を薄く引いて温まるのを待つ。

処理が面倒なので、今日は揚げ焼きで済ませようという判断である。

油がふつふつと泡立ってきたら、『収納袋』から本日の主役を取り出す。

「前々からオーク肉をこっちでも食いたいと思ってたんだよな」

あっちだと油は高級品だから、揚げたりできないんだよな。

一度オーク肉の揚げ物が食いたいと思ってたんだよ。

オーク肉をブロック状に切って、塩こしょうを軽く振って味付け。

そのままフライパンの上に載せて、調理開始だ。

ＩＨはガスと比べて火力が低めだが、特有のガス臭さがない分調理の間の不快感が少ないのはいいな。

火が通って良い匂いが漂ってきたら、ひっくり返して食事の準備を始める。

既に炊いておいた米をよそい、冷蔵庫からハイボール缶を取り出した。

焼き終えた肉を皿の上に盛り、テーブルに持ってくる。

あぐらを掻きながら、缶をプシュッと開封。

ハイボールで喉を潤してから、オーク肉に手をつけた。

「美味いっ！」

するすると入ってくるのにしつこくない脂が、噛めば噛むほど湧き出てくる。

素材が良い分、シンプルな調理法の方が良さが光るらしい。

「次はオーク肉でとんかつ作ろうかな」

少し多めに0．7合くらい炊いたんだが、この調子だとすぐに食べきってしまいそうだ。

俺の試算だと、レンチンご飯のお世話になる可能性が七割程度あるな。

味をもう少し濃くしたいと思い、冷蔵庫から調味料を取ってくる。

周囲のことを考えなくていいから、味変だって自由自在だ。

焼き肉のタレを付けたり、生ニンニクを使って味変も試してみる。

「なんでニンニクって、こんなに肉に合うんだろうな」

ニンニクだけというのも芸がないかと思い、節操なくショウガを足してみたり、わさび醤油でいってみたりしていく。

意外なことに、揚げ焼きにわさび醤油がマッチしていた。

油っぽさを、わさびの風味が完全に消してくれるのだ。

新たな発見をしているうちに、あっという間に肉がなくなってしまった。

気付けばハイボールも二本目に突入している。

「明日も休みだし、今日は一人でやりあげるか！」

適度に酔っ払いご機嫌になってきた俺は、三本目の濃いめのハイボール缶を開け、キッチンペーパーで油を拭き取ってから、今度はオーク肉を炒めていく。

味付けはどうするかと思い冷蔵庫チェックをすると、オイスターソースの賞味期限が切れかけている。

――今日の味付けは、君に決めた！

炒め始めると適度に漂ってくる磯の香り。

味見をしてみるともう少しコクがほしいと感じたので、甜麺醤を足していく。

そこに更に軽くニンニクも入れて、もうやりたい放題しているうちに完成。

酒を飲んだからか妙に汁物が飲みたくなり、ケトルでお湯も沸かしていく。

インスタントの味噌汁を取りに行くついでに、近くにあったポテトチップスも持ってきた。

オーク肉を食らい、酒を飲み、味噌汁を飲んでからチェイサーの緑茶をがぶがぶと飲む。

大量の水を飲んでおくのは、次の日にアルコールを残さないようにだ。

アルコールがアセトアルデヒドになってしまわないように、大量に水を飲んでおくのである。

その分だけ尿意も近づき、何度もトイレとテーブルを往復するが、その間もスマホは手から離さない。

最近お気に入りの芸人の動画を見ながら、いつもよりバカになった状態でゲラゲラと笑う。

こんな風にザ・独身男みたいな夜を過ごすのは、ずいぶん久しぶりな気がした。

毎日こんな生活をしていた頃はなんとなくつまらないと感じていたが、色々と忙しく人付き合いも増えてきた今だと、以前よりずっと楽しく感じる。

「やっぱり、一人の時間も必要だよな」

なんにも気にせず好き放題できるという開放感は素晴らしい。

一人でいるのは、とにかく気が楽だ。誰にも気を遣わなくていいしさ。

……まあその分、少しだけ寂しかったりもするけど。

でも定期的にこういう時間を作るのって、結構大事な気がする。

月に一度くらいは、一人で晩酌する時間でも作るか。

俺はそんな風に考えながら、結局朝の三時まで一人酒を楽しむのだった。

ちなみに次の日の朝、飲み過ぎで頭が割れるように痛かったのは言うまでもない。

——もう二度と酒なんか飲むか！（n回目）

一昨日、俺は結局一人でハイボール缶を四本飲みきってから酒が足りなくなり、近くにあるコンビニでつまみと酒を買い足した。

そんなことをすれば当然、恐ろしいほどの二日酔いに襲われる。

これは生命の神秘なのだが、恐ろしいことに二日酔いはなぜか回復魔法で治すことができない。

魔法を使えば頭の痛みや身体のだるさが一瞬は消えてくれるのだが、しばらくするとまただるくなってきてしまうのだ。

恐らくは身体全身に回っている毒素を完全に抜くことができないから、このような事態になるのだろう。

なのでたとえ練達の魔術師であったとしても、二日酔いからは逃れられない（とは言っても師匠の場合は、馬鹿げた魔力量に飽かせて毎分回復魔法を使うことで強引になんとかしてたけど）。

俺程度の魔術師にはそんな芸当は不可能なので、せいぜい二日酔いを軽くすることくらいしかできない。

なので潰れた次の日は、完全に復活するまでには時間がかかってしまうのだ。

昨日一人でやりあげてから起きると、時刻は既に午後一時になっていた。

夜通し酒を飲んで次の日の午後に起きた時、人間というのはその日何かをやろうという活力を全て失うようにできている。

昨日も本当なら、訓練がてら適当に依頼をこなしながら身体強化の練習をしようと思っていたのだが、一日の予定は完全にパーになった。

なので俺は昨日、マジで何もしなかった。

俺はネットサーフィンをしながら余ったつまみを食べ、登録している配信者の動画を見て、ごろごろしながら最近流行のメロンゲームをちょっとだけやって、気付いたら夜になっていたので寝た。

　ここまで無為な時間を過ごすと、流石に罪悪感が湧いてくる。

なので俺はベッド脇にあった時間術の本を読んで飲酒の愚かさについて悟り、そして二度と酒など飲むまいと誓って眠った。

　次の日、気分を一新した俺は元気いっぱい冒険者ギルドへとやってきた。

「実はタイラーさんに、指名依頼が来ているんです」

「……ミーシャ、ごめん。多分俺の聞き間違いだ、もう一回言ってくれ」

　俺はまだ二日酔いが残っていたかと思い、眉間をよくマッサージして、そして小指で耳の穴を気持ち綺麗に掃除してからミーシャの言葉を待った。

「ですから、タイラーさんに指名依頼が来ているんですってば」

「聞き間違いではない……だと……？」

「聞き間違いじゃないですって（呆れ）」

　俺は目立たず普通でいることをモットーに暮らしてきたはずだ。

　強力な魔物に関する依頼は全て受けずに適当に流してきたからこそ、今でもまだ銀ランクを維持することができている。

　だというのに俺に直接に指名依頼だと？

『戦乙女』と一緒にいるせいで、名前を売りすぎてしまったのかもしれないな。

「丁重にお断りさせていただく」

指名依頼というのは、簡単に言えば冒険者個人や特定のパーティーに対してやってくる名指しの依頼だ。

有事の際に出される緊急依頼などと違って、依頼に強制力があるわけではない。

無論断っていればギルドからの査定は悪くなるが……別にいいし。ていうかむしろ、願ったり叶ったりだし。

そういえば指名依頼断りまくればランクって落とせるのか……目立たないようにしてたから完全に盲点だった。

いっそのことこれから全部指名依頼断りまくって、銅ランクまで下げちゃおうかな。

「何を考えているか手に取るようにわかりますが……もし良ければ、受けてもらえると助かります」

「いやだよ、俺にメリットがないし。ていうかそもそも、なんで俺相手に指名依頼が来るわけさ？」

「それはですね――」

ミーシャから依頼にまつわる話を聞かせてもらうことにした。

なんでも今回の依頼主は、キャメロン王国中を回っているサーカス団からの依頼らしい。

依頼主はサーカスの団長ではなく、魔獣使いのアイーダという女性。

彼女が扱っているアンガーエイプという魔物の面倒を、ガルの森で見てほしいということだった。

「森で魔物の面倒を見る……？　なんでそんな妙な内容になってるんだ」

冒険者は簡単に言えば荒事でもできる何でも屋であるため、魔物やペットの面倒を見たりすることなんかも少なくない。

当然ながらその中には、テイマーが飼っている魔獣の面倒を見るといったものもある。

「なんでもアンガーエイプに戦闘経験を積ませたいらしいですが……」

「ふぅん……」

面倒を冒険者に任せることはいい。

ガルの森に行って戦闘経験を積ませるというのもおかしくはない。

だがその魔物のことをよく知らない冒険者に、ガルの森に入れさせようとするなんてどう考えてもおかしい。

何か裏がありそうな依頼だ。

……俺に罪でもかぶせるつもりなんだろうか？

俺が訝しげな表情をしているのを見て、ミーシャも頷く。

どうやら彼女の方でも、きな臭さを感じているらしかった。

「私もこの依頼には何かおかしなものを感じます。ですのでたとえ向こうにどんな思惑があろうと、なんとかできるタイラーさんにお願いしたいのですが……ダメでしょうか？」

ミーシャの信頼が厚すぎる。

まあたしかに、俺ならどういう事態になっても魔法の力で強引になんとかできると思う。

それにこんな依頼、適当に難癖つけられて失敗にさせられるに決まっている。

そうなればギルドからの覚えも悪くなり、俺からすると好都合だ。

うん、別に受けてもいいか。

何かやらなくちゃいけないことがあるわけでもないしな。

「その代わり、今度なんか奢ってくれよ」

「――はいっ、もちろんです！」

というわけで俺は銀ランクにもかかわらず、何故か指名依頼を受けることになってしまったのだった。

正直面倒だけど……ミーシャの笑顔が見れたから、トントンってことにしておこうかな。

依頼を受けたら、早速次の日に依頼をこなすことになってしまった。

受けたことを若干後悔しながら約束の場所であるガルの森の入り口へやってくるとそこには……とんでもなくケバケバしい見た目の女がいた。

隣にいる凶悪な顔つきをした猿の姿から見ても、彼女が依頼主とみて間違いないだろう。

「私が依頼主のアイーダだ、よろしく頼む」

「お、おぉ……」

そう言ってこちらにぺこりと頭を下げる様子があまりにも堂に入りすぎていたため、思わず言葉に詰まる。

……流石サーカスの団員だな。思わず惚れ惚れするようなお辞儀だ。

そして見た目も、なんとも派手で人目を引く。

右目には虎の刺繍の施された眼帯をしており、その髪は燃え上がるような赤。

上は身体の凹凸が出るようなぴっちりとしたボディスーツを身に付けていて、その下に穿いているのは光沢のある紫のホットパンツ。

は、派手だ……。

でも上げられた顔をよく見てみると、アイーダの顔立ち自体はよくも悪くもかなり素朴だ。ディスグラドの人はちょっと彫りが深めだから、どちらかというとアジア系に近い顔立ちなので、ちょっとだけ親近感が湧いてくる。

「……ん？　私の顔に何かついてるかい？」

「ついてるといえばついてるな……眼帯が」

「ああなんだ。ちなみにこれ伊達眼帯だから、安心してくれていいよ」

「……ありもしない言葉を作らないでくれ。頭がおかしくなりそうだ」

「……？」

アイーダが首を傾げるとそれに合わせて猿の方も首を傾げた。

どうやらしっかりと調教してあるらしく、俺の方を見ても襲いかかるようなこともなく静かに待てをしている。

「偉いな、よしよ……」

パシッ！

お利口さんに待ってくれているアンガーエイプの頭を撫でてやろうとすると、思いっきり手を叩かれた。

そしてこちらを見て……フッと鼻で笑ってきた。

——ぬっころすぞ、このエテ公が！（精一杯のマイルド表現）

「それで、こっちがアンガーエイプのカリカチュアだ」

なん……だと……？

こいつ、いい名前持ってやがる……。

「じゃあ知ってるとは思うが、改めて自己紹介を。銀ランク冒険者のタイラーだ、よろしく頼む」

「……ああ、よろしく頼むよ」

さっきから快活そうな言動の彼女にしては、なんだか歯切れの悪い物言いだ。

やっぱり、どうにも怪しいな……。

まあ、いいか。

俺はいざとなったら大義名分をつけてカリカチュアをボコボコにしてやろうと心に決めて、依頼人と一緒にガルの森へと入っていくのだった——。

アンガーエイプというのは、銀ランクの魔物だ。

なのでその戦闘能力は、ガルの森の魔物を蹴散らせる程度には高い。

「ガルの森をある程度深くまで行くと、アンガーエイプが出てくるようになるんだろ？　とりあえずそこまで行くのを目標にしたくてね」

「そうか、俺も戦闘に混ざった方がいいか？」

「平気さ、カリカチュアは強いから」

話をする俺たちの目の前で、カリカチュアが腕を振り下ろしてポイズンリザードを叩き潰していた。

アンガーエイプの主な攻撃方法は、怒りの形相で叩き込む力任せのパンチだ。

その威力は鉄板をへこませるほど高いため、こいつを相手にする場合は下手に近付かずに投げナイフなりなんなりで削るのが一般的な倒し方になる。

「私も一応、銀ランクの冒険者でね。足手まといになるつもりはないよ」

「そうか……」

なぜアイーダがわざわざ俺に指名依頼を出したのか。

その理由を考えながら適当に相づちを打っているうちに、あっという間に戦闘は終わった。

アイーダがごほうびとして木の実をやると、カリカチュアはウキウキ言いながら嬉しそうに果実を食べている。

なるほど、こいつは果物が好きなのか。

いざという時のために、覚えておくことにしよう。

しかし、アンガーエイプが出てくるところまで、か……。

なんとなくだけど、アイーダの絵図が読めてきたような気がするな。

探索を続けること五日ほど。

全てをカリカチュアが力尽くで突破してくれるのと、俺が一度踏破しているために土地勘があるのも相まって、以前『戦乙女』と来た時と比べるとかなりスムーズに中部へとやってくることができた。

以前もアンガーエイプとは戦った経験があったことを思い出し、当時の記憶を探りながら探索を続けていく。

「しっかしタイラー、あんた魔術師にしてはタフだねぇ……」

「ここ最近身体強化を覚えてな。おかげで探索がずいぶん楽になったよ」

疲れが取れていないのか、どこか憔悴している様子のアイーダ。

彼女は日を追うごとに元気をなくしており、既にかなり気が滅入っている様子だ。

銀ランク冒険者であり、しかも戦闘はほとんどカリカチュアが行っている。

そのため彼女の疲れには、別の原因がある。

その原因とは、恐らく……

「見えたぞ、アンガーエイプだ」

視線の先に現れた、アンガーエイプの群れ。

合わせて五匹ほどいるカリカチュアの同種族を前にして、アイーダがごくりと息を飲むのがわかった。

アイーダが戦闘態勢に入る。

けれどそれは明らかに形だけのもので、彼女にはみじんも戦う気がないことはすぐにわかった。

なので俺も少し離れたところから、様子を見守らせてもらうことにする。

カリカチュアが同胞を見つけ、鳴き声を上げる。

するとそれに答えるように、アンガーエイプ達もキィキィと鳴き始めた。

カリカチュアが近付いていき、アンガーエイプ達の方へ近付いていく。

それを迎え入れるかのようにアンガーエイプ達が半円を作り始めた。

その様子をジッと凝視していたアイーダ。

隣にいる俺には、彼女の目が潤んでいるのがわかった。

「――カリカチュアを森に帰して、その責任を俺になすりつける……そうなんだろ、アイーダ？」

「――っ⁉　な、なにを……」

その狼狽っぷりを見て、自分の予想がそう外れていないことを確信する。

これが勘違いだったら完全に痛いやつだっただろうから、助かったよ。

「いや安心してくれ。別にそれでも構わないんだ。むしろ俺的には、評価が落ちた方がいいからな」

この指名依頼から感じていた違和感。

額面上ただの銀ランク魔術師である俺が向かうには、ガルの森の中部というのは危険な場所だ。

けれど彼女はそんな俺に同行を求めた。

下手したら死んでしまってもおかしくない場所に。

というか彼女の本来の狙いからすると、ここで死んでしまってもいいとすら思っていたのかもしれない。

その違和感の正体というのは、つまるところ……アンガーエイプであるカリカチュアを、同じアンガーエイプ達のいる森へと帰してやることに帰結する。

今回の一連の出来事は、全てそのために仕組まれていたものってわけだ。

「私だって……帰したくなんかないさ。でも、団長が……」

しらばっくれる気がなくなったからか、ぶっきらぼうにそう吐き捨てる。

どうやら彼女自身、カリカチュアと別れたくはないようだ。

けれど彼女が所属しているサーカス団『ボンソルノ一座』の団長のピエロは、カリカチュアを手放す判断をしたようだ。

団長からすると魔獣使いのアイーダには、もっとライオンや豹の魔物のような、いかにも猛獣と言った見た目の魔物を使ってほしいらしい。

まあたしかに俺が知ってる現代サーカスも、使う生き物はライオンとかゾウみたいなインパクトある種類が多いしな。

俺、ライオンの火の輪くぐりとか結構好きだぜ。

なんでも昨今は動物虐待とか言われるせいで、あまりできなくなってるらしいけどさ。

っと、話を戻して。

やっぱりアンガーエイプだけでは芸の幅が狭く、できることが限られているらしい。

現在アイーダとカリカチュアがやっているのは、権力者に扮したカリカチュアが行う滑稽な見世物なのだという。

なんでも各地での伝承を参考にして、その地域地域で扮する人物を変えているらしい。

中には明らかに現行の領主なんかをもじっていることもあるようだ。

ギリギリのラインを攻めているおかげで、未だ苦情をつけられたことはないんだと。

……悔しいけど、ちょっと面白そうだ。

事前に知ってれば、俺もサーカス見に行ったのにな。

「たしかに銀ランク魔術師ならアンガーエイプとまともに戦うこともできないだろうからな。カリカチュアがガルの森に消えていったら、全部俺の責任にしようとしたのか？」

「別にそこまであくどいことは考えてないさ。ただ目撃者がいれば、私が強引に捨てたってことにはならないだろうから」

どこか吹っ切れた様子で、アイーダは小さく笑う。

道中ではどこか疲れ、塞ぎ込んでいる様子だったが、今はずいぶんとあっけらかんとしているように見える。

もはや企みを隠すつもりすらないようだ。

「なんで俺に、全部話す気になったんだ？」

「なんでだろうね。でもきっと……こんな下らない企みをしてる自分が、馬鹿らしくなったんだよ。カリカチュアも皆のところへ帰ったことだし、私も新しい……」

「いや、アイーダ。決意を固めたところ大変申し訳ないんだが……」

俺の人差し指が指し示す先。

カリカチュアが囲まれているアンガーエイプの群れが……割れる。

ドゴオッ‼

「――ッキイッ‼」

爆音が鳴ったかと思うと、囲んでいたアンガーエイプのうちの一匹がバウンドしながら地面を吹っ飛んでいく。

味方であるはずのアンガーエイプをぶん殴ったのは、真ん中に立っていたカリカチュアだった。

あいつは手を振り回し、鞭のようにして次々と同胞であるはずのアンガーエイプを沈めていく。

そして群れをあっという間に倒してしまい、こちらに戻ってきた。

「お、お前、どうして……」

「ウキッ！」

カリカチュアは鳴きながら、キュッとアイーダに抱きつき、目を細める。

――まるで自分の帰ってくる場所はここだ、とでも言うように。

「カリカチュア……」

抱き合う人と猿。

アイーダは半泣きになっていて、周囲への警戒も完全におろそかになっている。

その感動的な再会を邪魔するのもあれかと思い、俺が代わりに警戒を続けておくことにした。

「なんだかなぁ……」

本当なら危険な場所に連れてこられたことを怒るべきなんだろうが。

カリカチュアを抱きしめながら半泣きになっているアイーダを見ると、彼女を責める気にもなれず。

俺は感情の行き場をなくし、空を仰ぐのだった——。

結局のところ、カリカチュアはアイーダから離れるつもりはないらしかった。

アイーダの方もかなり情が移っているようで、二度とあんなことはしないと断言していたし、きっと彼女達はずっと一緒に時を過ごしていくんだろう。

「カリカチュアを自然に放せなんて馬鹿なことを言うやつのところでは働けないね！」

イラの街へと戻る頃にはアイーダも覚悟を決めたようで、彼女はなんとサーカス団を辞めてしまった。

何をするのか聞いてみると、彼女はしばらく止めていた冒険者稼業を再開させるということだった。

テイマーとして、カリカチュアのことをテイムした魔物——従魔として登録してやっていくつもりなのだという。

まあなんやかんや、収まるべきところに収まったって感じになるんだろうか。

え、俺の指名依頼はどうなったのかって？

——無事成功扱いになって、ギルドからの評価が上がっちまったよ！

なんとかして金ランクにはいかないよう、評価を下げなくっちゃいけない。

どうしよう、カリカチュアに俺の滑稽劇でも踊ってもらうことにしようかな……。


ガルの森でのダブルワーク（朝昼探索夜テレワークという地獄のような二重労働）を終えた俺は、完全にクタクタになってしまっていた。

こればっかりはもう二度としないと決めていたのに……まあ、なんやかんや知り合いに頼まれると断れない、俺のことなかれ主義のせいなんだけど。

以前に『戦乙女』と一緒にガルの森の最深部まで行った時と比べると日数は大分短かったが、前回とは色々と状況が違う。

何せ今回は二人と一匹で全てを賄わなくてはいけなかったからさ。

夜番は睡眠時間をほとんど必要としないカリカチュアに任せれば良かったが、今回は俺もがっつりと戦闘しなければいけない場面も多かった。

警戒に関しても俺がしなくちゃいけなかったしな。

パソコンを置いたままでも席を立てる治安の良い日本での生活に慣れていると、全方位に警戒しなくちゃいけない生活というのはとんでもなく疲れる。

ライザが警戒をしてくれていた時とは雲泥の差だった。

今度彼女に、斥候のやり方や気配の察知方法を教えてもらいたいな。

睡眠時間は取れたけど、心労はあの時の比ではなかった。

更に言えば今回はアイーダに『収納袋』を気取られることがないように、敢えて普通のリュックを持っていったのもマズかった（ちなみに『収納袋』の方は、盗難が怖いので『戦乙女』のところに預けている）。

現代日本の便利アイテムも禁止されるし、とにかくテントが重いのなんの。

物資もかなり限られた状態でやりくりしなくちゃいけなかったし……。

普通の冒険者はこんなにすごいことを平然とやってるのかと、内心で感心しちゃったよ。

そんな生活を十日近く続けたことで、正直なところ俺は心身共に限界が近付いていた。

アイーダとカリカチュアを引き連れて依頼の達成報告を済ませてから、俺は人目につかないところでテレポートの魔法を使って自宅に戻り……そのままぶっ倒れた。

そして日本に戻ったら……夕方だった。

気絶するように眠ってから起きたら、なぜか既に空が暮れ始めていたのだ。

流石にビビったよ。つまり俺は――丸一日眠っていたのである！

ここまで疲れたのは、果たして何時ぶりだろうか。

大学の同級生と徹夜で麻雀をして昼頃に家に戻ってきた二十歳くらいぶりな気がするぞ。

「ミーシャの頼みだろうが、なんだろうが、もう二度と日数のかかる依頼なんてしないぞ……」

そう固く誓った俺は、ご飯を作ってから寝ようとベッドに入った。

しかし眠りすぎたせいでなかなか寝付けず、結局夜更けまで目が冴えてしまい睡眠不足になってしまうのだった――。

俺は疲れを取るために、しばらくの間充電期間を取らせてもらうことにした。

精神的な疲れがひどいので、しばらく働きたくはない。

テレワークも振られた仕事を最低限だけやり、後は自由にさせてもらうことにした。

そんな風に家から出ずに過ごすこと、一週間。

俺は家を出たくない症候群を発症してしまっていた。

コンビニに物を買いに出かけるのさえ億劫で、飯はもっぱら冷凍パスタと解凍した米。

ビタミンはサプリメントで補いながら、高価な配達は頼まずに日々を過ごす。

けれど日に日に出社の日が近付いてくる。

それにもう食料も心許なくなってきているし、長いことディスグラドに戻ってもいないから『戦乙女』のメンバーにも心配されているかもしれない。

さて、どうするか……。

これは一種のサバイバルだなと思いながらスマホを眺めていると、ぴこんという通知がやってくる。

誰かと思い見てみると、そこにはichikaと書かれていた。

……なんだ、いちかか。

内容を見てみると、

『今すぐ来てください！　大至急！』

というメッセージの後に、よくわからない熊みたいな生き物のスタンプが。

「……これも良い機会か」

このままだと外に出られなくなってしまう可能性が微レ存（死語）だったので、俺は気合いを入れて外へ出ることにした。

会社の最寄り駅まで行くのは面倒だが、かわいい後輩の頼みだ。

それを聞くのは先輩の務めというやつである。

え、もし五反田から同じメッセージが送られたらどうしてたかって？

それは……ノーコメントで。

前回の反省を踏まえ、俺はチェーン店の居酒屋ではない店にすることにした。

最寄り駅より更に繁華街に行くことに決め、向かった先は甘谷にあるアクアリウムダイニング。

魚が泳いでいる光景を見ながらご飯を食べるという、なんというかＳＮＳ映えしそうな場所だ。

中に入ると、既にいちかは席についていた。

彼女はおっかなびっくりやってきた俺を見るなり、

「『女の子ってこういうお店好きだろうな』って頑張った感がすごいです、先輩」

「……そ、そんなことないけど？」

一生懸命選んだのが、一瞬でバレた。

いちか、あんた鋭いわねぇ……（オカマ口調）。

「でも頑張ってくれてるってところは、素直にポイント高いですよ」

そう言ってはにかむいちかの笑顔を見た感じ、どうやら及第点くらいはもらえているようだった。

「そういえばどうしたんだよ、急に呼び出して」

「先輩、聞いてくださいよ〜っ」

「聞く聞く、でもその前に注文な」

酒を飲みながら、いちかの愚痴を聞いてやることにした。

どうやら相当溜まってるらしく、息継ぎなしで一杯目を飲み干してしまっていた。

今夜は、長い戦いになりそうだな。

どうやら取引先から、かなり無理な注文をつけられたらしく、今のいちかのプロジェクトチームが死にかけていると言うことだ。

大して単価も工数も高くないというのに、いちかの上司が仕事を引き受けてしまったのが全ての元凶らしい。

俺達プログラマーの中には、上流工程と呼ばれる人達がいる。

簡単に言えば顧客のニーズを分析して、要件を定義する人達を指す言葉だ。

彼らの中には、そもそもプログラミングができない人も少なくない。

そういった人が現場の声を聞かずに適当に仕事を引き受けてしまうと、悲劇が起こる。

しわ寄せは俺たち下っ端にやって来て、デスマーチが始まるというわけだ。

いつだって割を食うのは、現場の人間なのである。

ちなみにうちの三田課長もプログラミングはできないが、あの人は無理な仕事を引き受けることはない。

もし自分がわからない領域の話をする場合、必ず部下から詳細な情報を得てから仕事の可否の判断をする。

なので不可能な仕事は振られない。

——まあキツい仕事は振られるんだけどな！

いちかに愚痴を言わせてストレス発散をさせながら、一緒に食事を食べていく。

人間腹がたまると機嫌が良くなるらしく、いちかの声はみるみるうちに弾んでいった。

ちなみに出てくるのは、一体どこの国のものかもわからない長ったらしい名前の料理ばかりだ。

俺には何がなんだかわからなかったので、注文は全ていちかに任せている。

「なんだこれ、しょっぱい魚卵だな」

「先輩、それキャビアですよ」

「えっ、これが？　……初めて食べたかも」

「——ええっ、マジですか⁉」

マジもマジ、大マジよ。

だってキャビア、高いじゃんか。

ちょっとメニュー見るか……って、５０００円⁉

こんなちょっとキャビアが載ってるだけなのに⁉

他のメニューも見て驚愕した。

ぜ、全部高ぇ……お通し1000円って、俺の財布爆発しちゃうよ……。

東京はおそろしいところったい……。

顔を青ざめさせていると、救いの女神からの声がかかった。

「先輩、次からはいつもの居酒屋でいいですよ」

「……そう?」

「はい、私居酒屋も好きですし。なんなら宅飲みとかでもいいですけど」

「宅飲みかぁ……」

大学生の頃は上京してきて一人暮らしをしてるやつのアパートに突撃しては、意味もなく朝まで飲み明かしたものだ。

次の日の朝にグロッキーな状態になって食べるハンバーガーや牛丼の美味しさが、なんだか少し懐かしい。今同じことをしたら、間違いなく胃もたれして受け付けないだろうけどさ。

でも宅飲みは、社会人になってからは一回もしてない気がするな。

たしかに店の酒の値段は定価の三倍なんて言うくらいだし、家で飲んだ方が経済的ではあるのに。

なんでだろうと思い、俺は悲しい事実にたどり着いてしまった。

俺、家に呼べるような友達、いなかったわ……(泣)。

「よければウチ来ますか？　先輩と違って、綺麗にしてますよ」

「俺の部屋だって綺麗だが？」

「じゃあ家帰ったら掃除しないで写真撮って送ってください」

「遠慮しておきます」

自慢じゃないが、俺の部屋はあまり綺麗ではない。

ゴミ箱すらないし、袋が乱雑に置かれていてそこにゴミを放り込んでいるだけだ。

寝室横には積み本も大量にあるし、掃除は掃除機をかけるのがめんどくさいからコロコロ一本で賄っている。

けれど話を上手く逸らすことには成功したぞ。

いちかが俺の家に来て、そこでガンガン酒でも飲もうものなら……俺が獣になってしまう可能性が否定できない。

自慢じゃないが、俺はそこまで自制心も強くないからな……。

「……先輩のいくじなし（ボソッ）」

ぽつりといちかが何か呟いた気がしたが、ムーディーな音楽にかき消されて何を言っているかまでは聞き取れなかった。

会計を見て顔が青ざめている俺をかわいそうに思ったいちかによって、今回のお会計は割り勘という形になった。

今日俺は、何事も背伸びのしすぎはよくないということを学んだ。

ぶっちゃけ雰囲気とかが出過ぎていて、俺にはちょっと敷居が高かった。

次からはまた、いつもの激安チェーン店居酒屋に戻ることにしよう。

俺は等身大でありのままな自分で生きていくのだ。

「ふあぁ～、風が気持ちぃぃ～」

秋風が、アルコールで火照った頬を優しく撫でていく。

頬を赤く染めたいちかが、ぐぐっと背筋を伸ばす。

別に指定されているわけではないのだが、いちかはいつもスーツを着ている。

グッと背筋を伸ばすと、元々ぴっちりとしたスーツに身体のラインが更に浮き出て非常に目に毒だった。

思わず視線を逸らすと、俺のよこしまな視線に気付いたいちかが頬をつんつくしてくる。

「ちょっと、どこ見てたんですか～？」

「どこも見てないぞ」

俺もいちかも大分酔っ払っている。

財布を気にしてあまり料理を注文せずに酒を飲んだせいで、いつもより酒が回っている。

俺の身体に沿って、いちかが指をつつぅと動かしていく。

頬から首筋、そして胸筋へ。

キラリと彼女の瞳が輝いた気がした。

「先輩……ちょっと聞いていいですか？」

「ん、どうかしたか？」

「先輩って、最近何してるんですか？」

「な、何って……仕事と筋トレだって」

「それ以外にも何かしてません？」

ドキッとしながらいちかの方を見ると、彼女の指先が胸から腕に移っている。

今の俺はシャツにパンツなラフなスタイルなので、妙にこそばゆい。

けれどいちかの顔はめちゃくちゃ真剣だ。

気付けば頬の赤みも消えている。

俺の背中に、冷や汗が垂れる。

こいつ……酔ってなかったのか？

「スーツの時は気付かなかったんですけど……先輩、明らかに焼けすぎてますよね」

ここ最近ウィドウと稽古をする時には稽古着を着ていた。

そのせいで俺の身体はたしかに働いていた時と比べると大分黒くなっている。

「それに、手にたこもできてます。先輩……最近、何やってるんですか？」

いちかは妙に勘が鋭いところがある。

多分だがこいつは、俺が何かを隠していることに気付いているんだろう。

流石に異世界に行っているとまでは想像してないだろうが……どうしよう、この場を切り抜ける上手い言い訳が思いつかないぞ。

なんか適当に言い訳をしてごまかすか？

最近農業始めてさ……とか。

でもそんなことをしたら、墓穴を掘ってどうしようもなくなる気がするぞ。

どうする、どうする……？

必死になって頭を巡らせていると、唇にぴとりと何かが当たる。

何かと思えば、いちかの右手の人差し指だった。

ジェルでも塗っているのか、妙に光沢のある爪がキラリと光を反射する。

「言いたくないなら、いいんです。無理に聞き出したいわけでもないですし」

でも、これだけは忘れないでください。

そう言うと、いちかは俺の耳元にまで顔を近づけて……

「私は先輩の、味方ですから」

ドキリと心臓が高鳴る。

さっきまでとは違った種類の動悸がやってくる。

多分今俺の顔は、かなり赤くなっているだろう。

沸騰した頭を必死になって冷まそうとしていると、気付けば口にあった感触は消えていた。

見ればいちかは距離を取ってこっちに手を振っている。

「――それじゃあ、また！」

いちかはそのまま、ぴゅーっと駆け出していった。

短めのスカートなのも気にせずに、ものすごい勢いで駆けていく。

後ろ姿しか見えなかったが、去り際の彼女の耳は真っ赤になっているのがわかった。

「……」

こうして俺は出不精を卒業し、再度外に出ることができるようになった。

俺は、世界は理不尽を押しつけてくるものだとばかり思っていたけれど。

どうやら世の中というのは、俺が想像するほどに悪いものではないらしい……。

第五章 魔術師タイラー

いちかに色々バレかけた次の日、俺は久しぶりにディスグラドへと帰ってきていた。

少しだけ気まずさを感じながらもまず向かうことにしたのは俺が宿の代金を支払っている『可能亭』である。

「こんにちは～……」

見慣れた『可能亭』の中に入っていくと、そこには看板娘のアンナの姿があった。

けれどその様子は、どうにもおかしい。

いつも溌剌としていて座っているのをほとんど見たことがないほどの元気っ娘であるはずの彼女が、受付に頬杖をついてぼーっとしているのだ。

どこか気が抜けた様子のアンナは、アンニュイな顔をしながら遠くを見つめている。

俺が入ってきたことに気付いた様子もない。

「はぁ……」

疲れからかその目は充血しているように見えた。

ていうかアンナのため息なんて初めて聞くな。

何か嫌なことでもあったんだろうか。

いったい、彼女に何があったんだろうか。

俺の方が心配になってきてしまう。

「アンナ、どうかしたのか？」

「いえ……」

「悩みでもあるのか？　どしたん、話聞こか？」

「悩みというか……タイラーさんが……」

「俺がどうかしたのか？」

「はぇ……？」

外からこっちに、ゆっくりと首を動かすアンナ。

彼女の綺麗な二重の瞳が、俺の姿を捉えた。

さっきまで少し濁っていたように見えた瞳が、一瞬のうちにすっきりした。

まるで目薬のＣＭに出てくる女優のようなアンナはこちらを見て、

「タイラーさんっ！」

「お、おう」

アンナは立ち上がったかと思うと、ものすごい勢いでこちらへ駆け寄ってきた。

そして彼女は感極まったまま、俺のことを思い切り抱き寄せる。

ちょ……どうしたんだよいきなりっ⁉

「タイラーさん、タイラーさん、タイラーさんっ！」

話が通じない様子のアンナ。

半泣きになりながら必死になって俺を放そうとしない彼女を見て、なんとなく察してしまった。

多分だが彼女は、俺が死んだと思っていたんだろう。

たしかに少ないとはいえ、『可能亭』に荷物は残してある。

宿代は一ヶ月分まとめて入れているから問題はないんだが、指名依頼も合わせると二週間以上空けてた計算だ。

二週間も音信不通となれば、死んでいたと考えられてもおかしくはない。

謝ろうとしたが……そうじゃないよなと思い返す。

今アンナに投げかけるべき言葉は……。

「ただいま、アンナ」

アンナが顔を上げて、上目遣いでこちらを見つめてくる。

彼女はぐしゃぐしゃにした顔を更に歪ませて、

「おかえりなさい……タイラーさん」

そう言って、無邪気な笑みをみせたのだった——。

その後も、アンナはなかなか俺のことを離してくれなかった。

「もう本当に、帰ってこないと思ったんですから！」

彼女の心配性が爆発してしまったからか、俺がどこかに出かけようとする度に目を潤ませるのだ。

仕事に出かける時に子供とお別れをするパパさんの気持ちがよくわかる。

俺は彼女の機嫌を治すべくお菓子を取り出そうとして……そのタイミングで気付いた。

（そういえば収納袋、『戦乙女』のパーティーハウスに置きっぱなしじゃんか！）

来る時、なんか妙に身体が軽い気がしたとは思ってた。

てっきり身体を鍛えた効果が出てるんだとばかり思ってたが……そう言えば俺、今手ぶらなんだったわ。

（どうしよう……『戦乙女』のやつら、会ったら俺にどんな顔をするだろうか……）

流石に『収納袋』を持ち逃げされることは心配してないが、もう一回こんなことをすると思うと、どうにも億劫になってくる。

やはり全ての歯車が狂いだしたのは指名依頼のせいだ。

あれもこれも、全てミーシャが悪いということにしよう（責任転嫁）！

ということでこのままでは足が止まりそうだった俺は、全ての思考を放棄して脳死でパーティーハウスへと向かう。

ドアを開くと、玄関にはルルの姿があった。

どうやら買い物の帰りらしく、大きめの手提げ袋が両手に握られている。

ドアの開閉音とちょうつがいの軋む音に振り返ったルルと、視線が合う。

「よぉ」

「……」

ルルはジッと俺の方を見て……ゴトッ！

両手に持っていた袋を、そのまま床に落とした。

なんかすごい音したけど……大丈夫そ？

ルルはこちらを見て、意を決したようにダダダダッと駆けてくる。

アンナと同じパターンかと思い身構える俺だったが、予想とはいつも現実の斜め上を行くものだ。

アンナは俺の脇を抜けてそのままハンドベルに手をかける。

そしてグッと振りかぶってから、思い切りハンドベルを鳴らすのだった。

力を入れて振りすぎているせいで内側の玉が上手く動かず、その音は普段より小さかったはずなのだが、皆の反応は劇的だった。

「タイラー！」

「タイラーさん！」

「あのバカが帰ってきたの⁉」

あちらこちらからドアが開き、ドタバタといくつもの足音が聞こえてくる。

そしてあっという間に『戦乙女』のメンバーが勢揃いし……俺は彼女達に、心配かけてすまなかったと頭を下げるのだった――。

イラの街に帰らなかったのは、日本時間換算だとたったの一週間程度だ。

俺は根無し草な冒険者なわけだし、一週間くらい戻らなくても何も問題はないと思っていた。

けどどうやら、俺がこの世界で築き上げてきたものは自分で想像していたよりも多いらしい。

これほどまでに俺のことを心配してくれる人がいてくれるということはきっと、幸せなことなのだろう。

「だから言っているでしょタイラー、そもそもの話、どこかに出かけるときはしっかりと事前の報連相をね……」

俺は延々と続くアイリスの説教を聞きながら遠い目をして、そんなことを考えていた。

人はこれを、現実逃避という。

……早く説教、終わらないかなぁ……。

当然だが、ありがたいと思う気持ちは嘘じゃない。

こっちで俺のことを心配してくれるアンナやアイリス達には、本当に感謝している。

『収納袋』を預けるくらいには信頼もしているわけだし。

だからこそ俺はこんな風にも思うのだ。

果たして彼女達に、全てを隠したままでいいのだろうか……と。

きっとなんやかんやで、今後ディスグラドを長期間空けるようなことだってあるだろうし。自分で言うのもなんだが俺は迂闊なので、今後もまったくバレることなくごまかし続けることは難しいような気がしている。

なので俺は、アイリスからの説教が終わり、次にエルザからのお小言に移行している間にある決意を固めるのだった。

チャンスは、思っていたよりも早くやってきた。

しっかりと守ってくれていた『収納袋』を渡しながら、アイリスが俺に質問をぶつけてきたのだ。

「というかタイラー、あんたこの一週間どこに行ってたのよ？」

「――ちょっとアイリス、それは聞かない約束だったでしょう！」

どうやら『戦乙女』の中でも、色々と俺に対する取り決めがあったようだ。

たしかに考えてみればドラゴンを倒せたり星属性魔法を使えたりと、俺は色々と謎が多い。普通なら気になって根掘り葉掘り聞いてしまうだろう。

けれどお互いつかず離れずというか、互いの事情に詮索しないというのが冒険者の不文律である。

冒険者の中には別の国で犯罪者だったようなやつや、かつての身分を捨ててやってきた元貴族の人間なんてのもザラにいたりする。

知らぬが仏ということも、わりと多いのだ。

「いやエルザ、いいんだ。俺的にもちょうどいいタイミングだと思ってたし」

けれど俺は一歩、踏み出してみることにした。

全てを隠したままで生きていくというのは、やっぱりちょっとだけ息苦しい。

だから今後とも仲良くしていきたいと思っている彼女達に、俺は自分の秘密を共有する決意を固めていたのだ。

ぐるりとテーブルを見渡す。

エルザ、アイリス、ウィドウ、ルル、ライザ。

全員とそこまで深い仲なわけじゃないが、それでも俺がこの異世界で一番信頼できるのは彼女達『戦乙女』だ。

なので今回は俺から、胸襟を開かせてもらうことにしよう。

「実は俺、ここじゃないところに屋敷を持ってるんだよ。もしよければ、来るか？」

「タイラーの……」

「屋敷……」

「行きたいです！」

はっきり言葉に出したのはルルだけだったが、他の皆もその顔を見れば内心でどう思っているかはすぐにわかった。

一気に六人で転移するのはちょっと時間がかかるので、しっかりと意識を集中させて……っと。

「――テレポート」

世界が白く染まり、意識に一瞬の空白が生まれる。

再び世界が色を取り戻した時、そこは――前世で俺が暮らしてきた屋敷の中だった。

……流石に、日本に連れてけるほど勇者じゃない。

けどまぁ……ビビりな俺にしては、結構勇気を出したつもりだぜ？

「す、すご……」

「なんだ、この豪邸は……」

別に意識してやったわけじゃないんだが、テレポートでやって来た場所は屋敷の正面玄関だった。

前世で俺が使っていたこの屋敷。

何度か足を運んではいるが、あまり長いこと滞在していないのもあって、なんだか俺も新鮮な感じがする。

ドアを開いて屋敷に入れば、まず最初に見えるのは大広間だ。

大広間の中央には、俺達六人が横になっても歩けるだけの横幅がある大きな階段がデデンと鎮座している。

途中で左右に分かれる造りになっていて、左に行けば魔道具作りのための素材置き場や未完成のガラクタ置き場に、右に行けば論文執筆のための書庫や仕事部屋、寝室などにつながっている。

「すごいな……実家より大きいし綺麗だ……」

「エルザの実家と比べてもって……タイラーって金持ちなんだねぇ」

エルザも思わずお嬢様発言が飛び出るくらいに驚いており、それを聞いたライザが目を輝かせる。

もしかするとライザは、伴侶に経済力とかを求めるタイプなのかもしれない。

普段の明るい感じからすると少し意外だが、案外しっかりものだったりしてな。

「残念なことに、万年金欠だよ。こないだなんか、飯を買う金すらなくなりかけた」

「ありゃりゃ……」

「もし本当にお金がなくなったら奢ってあげるから、安心してくれていいぞ！」

ヒモに貢ぐダメ女のようなことを言うウィドウに苦笑しながら、屋敷の中を皆に案内していく。

不思議なもので、少し頭を働かせるだけで屋敷のことは簡単に思い出せる。

前世の記憶だって言うのに、なかなかどうして不思議なもんだ。

一通り案内をしていると、ウィドウが嫁いびりをする姑のように手すりに指の腹を当てて、スッと擦る。当然ながら指には、埃の一つもついていない。

家事に一家言あるウィドウとしては、ピカピカな手すりを見てどうにも思うところがあったらしい。

「きちんと掃除が行き渡ってるけど、タイラーは家政婦でも雇ってるのか？　さっきはお金ないって言ってたけど」

「いや、そんな金はない。なので掃除用のゴーレムを動かしてるんだよ。ほれ、あそこ」

手すりの向こう側、階段を隔てた奥の方にいる小さな球形のゴーレム。

玉からは小さな手が伸びていて、そこには二枚の雑巾が固定されている。

「タイラー、あなた……いや、なんでもないわ」

色々と言いたいことがあった様子だったが、エルザはうなだれてそのまま口を噤んだ。

こうして無事に俺の屋敷のお披露目会は終了する。

いざ一歩踏み出す時は緊張したが、家に呼んでからはわりとリラックスして話ができたと思う。

今後も定期的にこちらの家で生活をするから、何日か帰らなくても心配しなくていい。

俺はそう言って皆を納得させることに成功するのだった。

ていうか、ほとんど来なかったからうっかり忘れてたけど、次からどっかに遠出する時は屋敷に『収納袋』を置いておいた方が安全だな。

それにこっちの方ができることも多いから、ルルとの魔道具作りは屋敷ですることにしよう。

屋敷の使い方について色々と考えながらも、俺は自分の秘密を少し打ち明けることができて、心の重荷が取れたような気がするのだった——。

結局彼女達のたっての希望（特に目の色を変えていたルルが強く主張した）で、俺は彼女達を屋敷に泊めることになった。

別に部屋に空きはあるし、屋敷の中ならどれだけ見られても大した問題にはならない。

というわけで俺の方でも快諾し、ゆっくりとくつろいでもらうことにした。

昼は既に済ませているということだったので、夜は皆で一緒に食べるという約束だけ決めておいて。

それまでの時間は、各自で自由に過ごしてもらう。

案内も一段落した俺は、アイリスと一緒に卓を囲んで茶を飲んでいた。

「しっかしあんた、まさかこんな秘密を抱えてたなんてね……」

「驚いたか？」

「もちろん、驚いたなんてものじゃないわ。いわゆる玉を上に投げられた気分ってやつね」

キャメロン王国の慣用句を口にしながら、窓の外を見つめるアイリス。

普段の彼女はその切れ長な瞳のせいか鋭利な刃物のような印象を与えることが多い。

けれど茶を飲んで少し落ち着いているからか、こころなしかリラックスしているように見える。

「これって、紅茶……じゃないわよね？」

「ああ、緑茶って言ってな。まだ葉が緑のうちに蒸して作るんだ」

「なるほど、若葉だからちょっと苦いのね……でも、嫌いじゃないわ」

俺がズズズと音を鳴らしながら飲むと、キッと睨まれる。

緑茶飲みではこうやって飲むのがスタンダードなんだよと教えると、そんなわけないじゃないと一蹴された。

俺、別に嘘ついてないんだけどな……。

窓の外には、規模こそ小さいものの畑が広がっている。

そこには地面一杯に張り巡らされた魔法陣が広がっており、それらの中央には実をたわわに実らせたトマトとナスが並んでいた。

この屋敷では基本的に、食料は自給自足できるようになっている。

外に見える結界魔法による温度調節と魔法陣による促成栽培の野菜畑も、食料生産施設のうちの一つだ。

前世の俺は、いわゆる引きこもり体質だった。

昔の俺は一つ疑問が浮かんできたら、それが解決するまで他のことを考えられなくなってしまう人間だった。

自分でもどうかと思うが、そのことだけで頭がいっぱいになり、睡眠や食事すらおろそかにしていたくらいだ。

魔導ゴーレムが水やりをしている外の畑は、屋敷の外に物資を調達するのもめんどくさがった、ものぐさのたまものだったりする。

「こんな家に住んでたら、宿に戻ろうとしないのも頷けるわ」

「そうか？　別に大したもんじゃないと思うけどな。『可能亭』は良い宿だぞ。……まあ、素泊まり以外の料金は払わないんだけどな！」

「タイラー、やっぱりあんた、変わってるわね……」

俺の秘密を打ち明けても、『戦乙女』の俺への態度は驚くほどに変わらなかった。

もちろんアイリスもそうだ。

もっとも、少し驚いてはいるらしいから、まったく衝撃を受けてないってわけでもないみたいだが。

「実は私達、事前にあなたが抱える秘密がどんなものなのかを話し合っていたのよ」

「ほう、そうだったのか」

たしかに冒険者ギルドでの依頼の討伐記録と宿の宿泊記録を付き合わせれば、俺がどこかで外泊しているというのはすぐにわかる。

今まではわざわざ俺のことを調べようとする物好きなんていなかったからバレてなかったが、彼女達なら調査するのもそんなに難しくはなかったことだろう。

しかし俺の秘密か……。

あんまり変なこと言われてないといいんだが。

「スパイにしては迂闊過ぎるし、騎士にしては所作や態度がなってない。だからおおよそ、事情があって国を追い出された流れの魔法使いだろうってことになってたのよ」

「うーん……俺のこと、ちょっと美化しすぎじゃないか？　別にそんな大した男じゃないぞ」

ていうか散々な言われようだな。迂闊すぎとか、所作がなってないとか……。

にしてもなんだよ、スパイとか騎士とか訳あり魔術師って……いや、最後のは合ってるのか。

「もちろんもっとすごいのもあったわよ。たとえばウィドウなんかは、あんたがここではない別世界からやってきた魔術師なんじゃないかなんて言ってたわね。まぁ、そんなことあるわけないけど」

「は、ははは……」

ウィドウ、鋭いな……。

まさかの正解も出ていた。

俺としてはとりあえず苦笑することしかできない。

「おかわりもらっていい？」

「ああ、茶菓子も出すぞ」

「ありがと……って何これ、お花⁉」

「これは和菓子って言ってだな……」

俺は獅子屋で買ってきた生菓子（一個四百円、高ぇ……）をアイリスと一緒に舌鼓を打ち、夜飯までの小腹を満たすのだった。

今回は俺がホストなので、もてなすために料理も自作して振る舞った方がいいだろう。

というわけでアイリスと別れ、夕食前に一旦屋敷の設備の点検に移る。

――そもそも今この屋敷で魔道具や設備がどんな風に稼働しているのか、実は俺もよくわかっていない。

屋敷自体かなり広いし、一度始めたら細かくメンテナンスとかをしなくちゃいけなくなりそうだったから、面倒で放置していたというのもある。

あとなんて言うんだろ、ぶっちゃけここって引きこもって研究するのに最適になるように作られてるからさ。

整備して完全自給自足生活できるようになったら、また引きこもりが発動しちゃいそうで怖いから、あんまり見ないようにしてたんだよな。

「これも良い機会だし、まずは生け簀から見てくか」

この屋敷にある食料生産設備は、外の畑だけじゃない。

一人用なのでそこまで大きなものじゃないが、一応生け簀と牧場があるのだ。

生け簀と牧場の方には成長促進の魔法陣を敷いているため、本気になれば通常の数倍の速度での生育が可能となっている。

生け簀をのぞき込んでみると、そこには鱈やカマスなんかが泳いでいる。

そのサイズも通常の倍近くあり、中にはみっちり具が詰まっている。

お腹も膨らんでいて、中に入っている魚達は太っちょ揃いである。

「魔法陣の方は問題なく動いてるな」

生け簀の脇には魚を長期保存できるように塩漬けと天日干し用のスペースがあり、その脇には大きめの冷蔵庫も置かれている。

塩漬けの方は既に塩が切れているため何もなくなっており、天日干し用の場所には大量に置かれている干し魚の姿があった。

保存期間が長くダメになっているものもあり、なかなかにファンキーな匂いがする。

生け簀の脇に置いてある鮮魚の保存用の冷蔵庫からもすえた匂いが漂ってきており、開いてみると当然ながら既に冷蔵機能は切れていた。

息を止めてから中身を一旦全部外に出してから、頷く。

「うん、一旦全部焼き捨てよう」

菌とかが少し怖いから、問題なさそうに思える干し魚も含め、今入っている分は全て焼却処分してしまうことにした。

今回は生け簀から取り出した生魚だけを、使わせてもらうことにしよう。

なんだか疲れたから牧場の方はまた今度見ることに決め、キッチンに入る。

何にしようかと思い、何度か一緒に食べた時の『戦乙女』の食卓を思い出してみることにした。

彼女達はがっつりとしたものが好きな組と、あっさりとしたものが好きな組に分かれている。

俺の料理の腕は並以下なので、あまり難しいものは作れない。

なのでとりあえずフライとカルパッチョを作ることにした。

まずはフライ作りから。

カマスをサッと下ろそうとして、失敗した。

俺は自分のあまりの包丁さばきっぷりに愕然としながら、風の刃を使って魚を下ろしていく。

悪戦苦闘しながら骨を取り除いてから、ざっくりと切り分けてみた。

身がぶりんぶりんに詰まっているので、一匹から結構な量のフライが作れそうだ。

次に卵をサッと溶き、小麦粉と混ぜ合わせていく。

その上にパン粉をまぶしてから油を入れた鍋に入れれば、あっという間に完成だ。

続いてカルパッチョだが、こっちはもっと簡単。

事前に用意していた葉野菜を適当に刻んでから、先ほどの余りの切り身を載せて、上からドレッシングをかければ完成だ。

これだと腹が溜まらないので白パンも用意して、テーブルに運んでいく。

「わあっ、すごいサクサク！」

「カリッとした食感が来たかと思ったら、魚が口の中でほろほろと溶けてく……美味しいわね、これ」

『戦乙女』の皆からの反応も上々で、一安心である。

美味しい美味しいと言って食べてくれている彼女達の顔を見ていると、俺の心も弾む。

料理が趣味だと言っている人の気持ちが少しだけわかった気がした。

食事を終えて、ふぅと人心地つく。

片付けはやってくれるというのでウィドウにお任せし、俺もぐでーっと椅子の背もたれによりかかる。

食後の血糖値の上昇のおかげで、目をつぶれば今にも眠れそうだった。

「タイラーは明日、何か予定あるの？」

「明日か……とりあえず身体強化の練習がてら、ガルの森に行こうと思ってるけど」

「そう、わかったわ。私達、明日からまたしばらく家を空けることになるから。その前にタイラーと再会できて良かったわ」

「大人気だな」

「誰かさんのおかげでね」

ドラゴンスレイヤーというネームバリューはすごいらしく、『戦乙女』にはここ最近色んな指名依頼が舞い込んでいるという。

あのアイーダからの一件以降まったくなしのつぶての俺とは偉い違いである。

「何しに行くんだ？」

エルザから返ってきた答えに、俺は自分の耳を疑った。

「なんでも北の高原にゴーレムが出没したみたいでね。迷宮ができたかもしれないから調査しに行ってほしいんですって」

「迷……宮……？」

当然ながら俺は、迷宮という言葉は知らないわけではない。

迷宮を使って主人公達を悩ませるハゲの双子の兄弟の存在は知っているし、彼らがなんやかんやでコアな人気があってゲームでは結構な頻度で出てくることだって知っている。

けれど俺はこのディスグラドにおいて、迷宮という名前は聞いたことがない。

なぜならこの世界には――迷宮などというものは存在していないからだ。

ファンタジー小説であるような、無限に魔物が湧いてくるようなシステムや、強力な魔物を倒すとその死体が消えて宝箱に変わるようなファンタジーなダンジョンなんてものは、この世界には存在していない。

いや、存在していなかった……というべきなのか？

少なくとも俺の前世の頃には、そんな不可思議なものは影も形もなかったはずだ。

「その迷宮っていうのはあれか？　アイアンゴーレムが湧き出てくる場所は鉄鉱山のような扱いを受けたり、その迷宮の周辺に人が集まることで迷宮都市に発展したりするようなあれのことか？」

「なんだ、知ってるんじゃない」

こちらに身を乗り出して説明したくてうずうずしていた様子のアイリスが、ぶすっとつまらなそうに頬を膨らませる。

どうやらこちらの世界の迷宮は、俺が現代日本で呼んでいるようなファンタジーなものと似たような造りになっているらしい。

　その数は十を超え、迷宮はそのほとんどが一つの産業として王や大貴族達の直轄地になっているということだった。

「迷宮か……」

「タイラーさんも潜りたいんですか？」

「俺か？　……そうだな、一度くらい潜ってみてもいいか……」

「あら、出不精のタイラーにしては珍しいのね」

　エルザの言葉を右の耳から左の耳に聞き流している間にも、俺の思考は高速で回転していた。

（いや、やっぱり……どう考えてもおかしいだろ）

　小説の中に出てくるような機構を持った迷宮というものは、この世界において再現することはまず間違いなく不可能だ。

　魔物は大量の魔力だけでは生み出すことはできない。

　当時の技術では、魔物の人工生産は不可能だったはずだ。

　当然ながら、魔物の死骸を有用なものの入った宝箱に変えたりすることも不可能だった。

　魔法はあくまでも体系化された一つの技術であって、なんでもできるように見せかける手品や奇術の類いではないからだ。

　と、いうことは……そこまで考えたところで、俺は今まで見落としていたある事実に気付く。

（このキャメロン王国は、俺が死んだ後も当然ながら発展を遂げていたはずだ。恐らくダンジョンは俺の死後に誰かが成し遂げたなんらかの研究成果なのだろう。だがだとしたら……三百年後のこの世界では、なぜこれほどまでに魔法技術が廃れてしまっているんだ？）

考えてみると、俺はディスグラドにやってくるようになってからというもの、こちら側の歴史についてまったく知ろうとしていなかった。

ルル経由で師匠の話を聞かせてもらっただけで、完全に満足してたからな。

だがよく考えてみると、現状はおかしなことも多いのだ。

通常技術や知識というのは、長い歴史をかけて積み重ねられていくものだ。

俺の頃にだって各種論文や技術書を保存するために、高度な状態維持のかけられた魔導図書館が設立されていたし、経年劣化することない書物はそこら中にあった。

キャメロン王国が余所から滅ぼされて完全に技術が死んだということならまだ理解はできるが、少なくともこの国は以前の国体を護持したままである。

魔法技術だけが衰退していくなんてことが、果たして起こるものなのか？

「どうかしたんですか、タイラーさん？」

「……いや、大したことじゃないよ」

ゆっくりと衰退している魔法技術に関しては、ノータッチを決め込んでしまおう。

技術そのものという規模がデカすぎる話だし、恐らくその根はかなり深い。

まず間違いなく面倒ごとになるだろうし、そもそもが俺一人がどうこうしたところでなんとかなる話でもないだろうから。君子危うきに近寄らずというやつだ。

何せ俺が住んできた国では事なかれ主義ってのが主流でね。

俺はただ平穏無事に暮らすことができれば、それでいいのさ。

けど冒険者として生きていく以上、迷宮に関しては一度詳しく実地調査がしたいところだ。

（というか……宝箱めっちゃ開けたい！　だって俺、男の子だもん！）

宝箱があるって話だから、もしかしたらミミックもいるかもしれない。

俺、トル○コのダンジョンとか好きなんだよ。

あ、ちなみにトル○コ自体はあんまり好きじゃない。

だってよく転んでこちらをイラつかせてくるくせに、嫁さんがめっちゃ美人だから。

「ダンジョンか……もしダンジョンがあったら、俺も一度行かせてもらおうかな」

「よし、それならダンジョンを見つけに行かなくちゃね！」

「もしただのゴーレムの大量発生だったとしても、迷宮都市に行ってダンジョンを探索してみるのもいいかもしれないな」

張り切るアイリスとウィドウを、逸るんじゃありませんとエルザがたしなめる。

ルルはぼうっと天井を見上げて何か考え事をしていて、ライザは少し物足りなかったのか何も載っていない皿を悲しそうな表情で見つめていた。

「そういえばタイラー。こないだもらったあのワガシってやつ、またくれないかしら？　流石にタダでとは言わないから、きちんとお金は渡すわよ」

「和菓子か、ストックあったかな……」

『収納袋』をごそごそしていると、疲れた時に食べようと思っていた水ようかんの袋が出てくる。前の獅子屋のとは違い、スーパーで買える五個入りワンセットのリーズナブルなやつだ。

めちゃくちゃプラスチック容器に入っていたためそのまま出すわけにもいかず、一度キッチンで器に開けてから持っていく。

もちろんその前に、水魔法で冷やしておくのも忘れない。

「何これ……?」

俺が説明をするまでもなく、アイリスが自慢げに話をしだした。

彼女の言葉に目を輝かせた皆に水ようかんを振る舞うと、全員がその虜になったのは、言うまでもないことである。

そして俺は彼女達に和菓子の定期購入を約束することになるのだった——。

『戦乙女』が北へ向けてイラの街を出発した。

当然ながら今回の指名依頼はあくまでも『戦乙女』に出されたものなので、俺は同行していない。

彼女達には是非と誘われたし、迷宮という言葉にも誘われそうになったが、すんでのところで我慢した。

俺は我慢のできる男なのだ。この偉さを誰か褒めてくれても、罰は当たらないと思う。

というわけで俺は、いつものように少し遠出をしてオークを一匹狩って、その金を使って数日だらだらするという日々を送ることにした。

これぞ冒険者流スローライフというやつだ。

オーク肉をどう調理するか考えながらのんびりと『可能亭』に帰ってくる。

時刻はまだ三時を回ったところだが、今日の仕事はもう終わりだ。

後は一日、まったりと過ごす予定である。

「ふぅ……」

中に入ると、暇なのかテーブルに座って足をぶらぶらさせているアンナの姿があった。

この店はアンナと彼女の両親の三人で切り盛りしている。

アンナはそこにいるだけで人呼びになるからということで受付業務をしている感じだ。

それ以外の仕事は基本的に両親がしているため、彼女もわりと暇を持て余していることが多い。

『可能亭』は繁盛店というほどでもないが、閑古鳥が鳴いているというほどでもない。

なのでそんな感じでも、十分に店は回っているのである。

「あ、タイラーさん！　お疲れ様です」

「お疲れって言えるほど仕事してないけどな」

アンナが立ち上がり、こちらに駆け寄ってくる。

彼女の姿が、親戚の家でこちらにやってくる小型犬と重なった。

よしよしと頭を撫でてやると怒られた。

機嫌を直すために、あめ玉を渡す。

「お……おいひぃれふ～……」

　ころころと彼女が口の中で転がしているのは、俺が日本で買ってきたあめ玉だ。

　ドラッグストアの特売品だった、大量に入っているのになぜか百円ちょっとで買えるフルーツ飴のアソートパックのうちの一粒である。

　色から考えると、味はレモンかパイナップルだろう。

　今まで食べたことがない味がするからか、アンナはとても嬉しそうに飴を頬張っていた。

　わざわざ個包装を剥がして移し替えた甲斐があったなと、俺も赤いあめ玉を口に入れる。

　ちょっと甘酸っぱいイチゴ味の気分だったんだが、舐めてみるとチェリー味だった。

　……やっぱり好きな味を間違わずに選べる個包装って、最強なんだな。

「なんやかんや言ってここ最近は、毎日忙しかったからな……俺にはこれくらいの忙しさがちょうどいいよ」

「私もできればこれくらいの忙しさがいいんですけどね……もう一粒もらってもいいですか？」

　どうやらここ最近は、今後のことも考えてと両親から色々と仕込まれているらしい。

　シーツの張り替えの時にシワが残っていると母さんに怒られるだとか、料理の食材を上手く目利きできないと父さんに怒られるのだという。

　怒られるのって嫌だよな。相手が自分のためにやってくれているのだとわかっていても、嫌なものは嫌だし。

　その苦労を思い飴をもう一粒あげると、嬉しそうに舐めたアンナがその酸っぱさに目を白黒させる。

どうやらさっき食べたのはパイン味で、今回はレモン味を引いたようだ。

「そうだアンナ、ちょっとしたゲームを持ってきたんだが、一緒にやらないか？」

「いいですよ？」

そう言って俺は収納袋から、いかにも高そうな良い匂いのする木箱を取り出した。

ちょうつがいで二つ折りになっており、開くと内側には白と黒の石が入っている。

「なんですか、これ。黒いけど……ひっくり返すと白いです」

下手に使うわけにもいかないドラゴン討伐で得た金の使い道に、俺は悩んだ。

悩み抜いた末に出した結論が――このリバーシだ！

この世界にはとにかく娯楽が少なすぎる。

なので暇な時に時間を潰せるアナログゲーム第一弾として、とりあえずこっちの素材でリバーシを作ってみた。

木工職人と石工職人と鍛冶職人三人を抱き込んで作ったため、値段はかなり高めだ。

第二弾としてトランプも制作中なんだが、こちらは製紙技術が高くないせいでかなり難航している状況である。

「こうやって挟まれると、ひっくり返る。そして最後まで石を置いた時に、色が多い方の勝ちだ」

「ふむふむ、なるほど。シンプルですね」

流石の若さか、アンナはあっという間にルールを理解してくれた。

やっぱりアンナって、結構地頭良いんだよな。イラの街で俺が接してる子供達と比べても、彼女は頭一つ抜けてる感がある。

「アンナ、実はこのゲームには……必勝法がある」

「そ、そうなんですかっ⁉」

ふふふ、必勝法（角を取ると強い、ちなみに詳しい理屈は知らない）の前に、ひれ伏すがいい！

俺の知識チートは、ここから始まるのだっ！

頭の中に革命のファンファーレを鳴り響かせながら、石を置いていく。

最初の一回は圧勝できた。

二回目、三回目も問題なく勝てた。

けれど四回目になると……

「やたっ！　私の勝ちです！」

俺は負けた。

五回目、六回目とどんどん負け方が悲惨になっていく。

「やめだやめっ！　リバーシもう終わりっ！」

「ええっ、もう一回！　もう一回だけやりましょうよ～」

アンナの懇願に負け、もう一度だけ戦った。

もちろんめちゃくちゃボロ負けした。

角が強いんじゃないのか……リバーシのルールは日本と異世界で違うとでもいうのか。

世界の不条理を嘆かざるを得ないな。

そして俺の知識チート（角を取ると強い）はアンナの創意工夫の前にもろくも敗れ去り、俺の知識無双は一瞬で終わるのだった……。

惨敗を喫した次の日。

特にすることもなかった俺はアンナにせがまれる形で、再び彼女とリバーシ対決をすることになった。

それは絶望的な戦いだった。

果敢に攻めても軽く受け流され、気付けば攻めと守りは入れ替わっている。

それなら相手にカウンターを食らわせてやろうとすれば、そのまま押し切られて負けてしまう。

爺ちゃんから教わった必勝法はクソほどの役にも立たず、アンナの開花した才能の前に俺は黒星を重ねることしかできなかった。

「ここで僕が投了ッ！　（パアンッ）」

「こんなに潔いサレンダーは初めて見ました……」

盤上遊戯をやっていて真似たくなるランキングでも上位に入る名シーンを再現しながら、半ばやけくそになって敗北宣言をする俺。

一回り近く年下の女の子に完膚なきまでにたたきのめされ、俺のガラスのハートは砕け散っていた。

というか、アンナ強すぎだろ。

押しに負けて何度もやってるんだが、もうレベル差が開きすぎて何がなんだかわからないぞ……。

「ふぅ……私も満足しました。付き合ってくれてありがとうございます、面白いですね、リバーシって」

「そろそろ終わりな、疲れた」

屈託のない笑顔で見つめられ、俺は開こうとした口を閉じる。

まあ、アンナが楽しかったならそれでいいか。

ただ一つ、確実に言えるのは——俺は今度日本に戻ったら、リバーシのオンライン対戦アプリを入れるということだ！

俺は負けず嫌いだからな、次はきっちりアンナに勝つ！

俺は戦うのが好きなんじゃねぇ、勝つのが好きなんだよぉ！（ゲス顔）

「こんなものを発明できちゃうなんて、すごいですねタイラーさんは」

「別に俺が発明したわけじゃないよ。遠い島国にあるゲームを、俺がこっちに持って来たってだけさ」

「そうだったんですね……あれ、でもそれならもしかして……他のゲームとかもあったりするんですか？」

「……ふふふ、それはこれからのお楽しみということにしておこうかな」

「なんと……（ごくり）」

息を飲んでいる様子のアンナ。

第二陣のトランプができあがれば、遊ぶことのできるゲームは格段に増えるはずだ。

こうなりゃ多少太くなっても良いから、木製で作るべきだろうか……？

「でも魔術師さんって、本当にすごいですよね。なんでも知ってるっていうか……」

「別に、そんな大したもんじゃないぞ。俺がゼロから作ったものなんてほとんどなくて、基本的には蓄積された人類の叡智を借りてるだけだ」

アンナのキラキラと輝く目を真っ直ぐ見つめ返すことができず、プイッと視線を逸らす。

どうもアンナは魔術師という人間に夢を見すぎているきらいがある。

俺の場合過去のディスグラドの知識と現代日本の知識があるおかげで凄いように見えてるが、リバーシの戦歴を見てもわかる通りに俺の頭の作り自体は別に大したもんじゃないしな。

むしろアンナの方が、将来人のためになるような発明とかができたりするかもしれない。

魔法技師とか、錬金術師とか、発明家にだってなれるかも……なんて考えるのは、流石にひいきが入りすぎか？

「そういえばアンナは、魔法の勉強しないのか？」

「うちにそんな余裕があると思いますか？」

魔術師の絶対数が少ないイラの街では、魔法を教わるための授業の相場もかなり高い。

そこそこ人は入っているが、イラの街では決して繁盛店なわけではない『可能亭』の経済状況では、そんなことに金を使う理由はないということらしい。

「もしよければ、俺が教えようか？」

「——ええっ⁉　いいんですかっ⁉」

「まあ暇な時に、片手間で教えるくらいなら」

「ちょ、ちょっと待っててください！」

それだけ言うと、アンナはものすごい勢いで二階に駆け上がっていった。

恐らくは両親が住んでいる部屋に向かったのだろう。

大きなノックの音と、アンナの声が聞こえてくる。

何を言っているかはわからないが、アンナの声はかなり必死なように感じられた。

再び階段の音。

動き回って汗ばんだアンナが、いい笑顔でこちらにグッとサムズアップしてくる。

よくわからないが、俺も親指を立てておくことにした。

「今後の宿代は要らないよう、お父さんに交渉してきました！」

「え、そんな……悪いよ」

「そのくらいで魔法が教われるなら安いものだって、お父さんからのオッケーも出てます！」

「む、そうか……」

宿でゴロゴロしていても暇ですることがなかったから、なんとなくでしてみた提案だったんだが……なんだか大事になってしまった。

まあ、宿代が浮くのは正直ありがたい。

そして向こうからしても、魔法がその程度の対価で教われるのはありがたい。

つまりこれは誰も損をしない、ウィンウィンな取引というやつだ。

ただ、せっかく教えるのならきちんとものにしてやりたい。

以前アンナも言ってたが、魔術師がいると生活水準そのものがグッと上がる。

高級宿なんかだと、お抱えの水魔術師がいたりするって聞くしな。

彼女が魔術師になり宿のサービスが向上すれば、もしかしたら『可能亭』を街一番の繁盛店にしたりすることもできるかもしれない。

この宿もアンナのことも好きだから、彼女達のためになるなら一肌脱がせてもらいますかね。

それならさっそくということで、俺は『収納袋』に手を入れ、一つの玉を取り出した。

「じゃあアンナ、これに手をかざしてみてくれ。こいつは星見球《ステラボール》って言ってな……簡単に言えばアンナの得意な魔法を教えてくれる魔道具だ」

アンナがごくりと唾を飲み込む。

そして恐る恐る、星見球に触れた。

すると星見球が輝きだし……。

「これは……青色、ですか？」

「ああ、どうやらアンナの得意な魔法は水属性らしい」

アンナが手をかざした星見球は、目にも鮮やかな青の光を放ちだした。

星見球は本人の魔法の資質を教えてくれる。

色は得意属性、そして輝きはその属性に持っている才能。

つまり強い青色発色をしていることからもわかるように、どうやらアンナには水属性の強い適性があるらしい。

「水属性はあると便利だぞ。氷やお湯が出せるようになれば、宿屋のグレードは一気に上がる。今までかけていた手間もコストも、一気にグッと減るはずだ」

水属性は結構範囲が広く、水でさえあれば固体・液体・気体を問わない。

霧を生み出す魔法も、氷を生み出す魔法も、合わせて水魔法ということになる。

「たしかに……夏場なんかだと、どうしても食材はすぐ駄目になっちゃいますからね。お風呂を用意するのも、男手がお父さんしかいないうちだと難しいですし……」

この国ではある程度規模のデカい街だと、水屋や氷屋と呼ばれる存在がいる。

簡単に言えば水や氷を売って歩く魔術師達のことだ。

金をかけられる宿屋は彼らと契約を行い、定期的に氷を購入することが多い。

そして金属の箱の中にバカデカい氷を置いておく、昔ながらの冷蔵庫を使っているわけだ。

けれど大きな氷を作るには当然ながら多量の魔力を使うため、当然ながら値が張る。

風呂を沸かすのは熱湯を頼むより水を運んで薪で沸かす方が早いが、実際かなりの重労働だ。

頑張れば子供にもできるような仕事ではあるが、それを頼むにもやはり金がかかる。

そこらへんのコストをまるっと抑えられるのは、経営の観点から見てもかなりありがたいだろう。

「それに水魔術師なら、最悪潰しも利くし」

水屋や氷屋は冒険者と比べれば稼ぎは落ちるが、特に死の危険なんかもないために安定志向の水魔術師の進路として人気だと聞いている。

アンナが最悪宿屋を継がなかった場合であっても、水魔法さえ覚えておけば食いっぱぐれることはないだろう。

「私でも使えるようになりますかね？」

「そりゃなるさ。お前、俺のこと誰だと思ってるんだ」

「誰なんですか？」

「タイラーさんです」

「今のやりとりにっ、なんの成果も得られませんでしたっ！」

「じゃあまず魔法の基本のキから始めよう。なお水魔法だけを重点的に学ぶような横着はしないように。魔法っていうのは得意属性を極めればいいと思われがちだが、たとえ初級魔法しか覚えられなかったとしてもとりあえず色々と手を出してみるに越したことはないと、俺は思っている」

俺はアンナのお父さんであるダンナーさんとお母さんであるマリーさんからの許可をもらい、自室でアンナに教鞭を振るうことになった。

こういうのは雰囲気が大事だと思い、小道具の眼鏡と指示棒を用意する。

アンナをしっかりと机に座らせ、俺はくいっと眼鏡を押し上げた。

「はいタイラー先生！」

「なんだね、アンナ」

「以前冒険者の魔術師の方は、得意属性をひたすら使うのが魔法上達の近道と言ってました！」

「そいつはモグリだ、聞かなかったことにしなさい」

「ええっ!?」

「というのは冗談だ。現代ま……いや、現在の考え方だと魔法は一属性使えればいいと思われているが、かつては最低でも四属性は使えた方がいいという考え方の方が主流だった。魔法というのはまったく関係していないようで、実は案外関わっている部分が多いからな」

用意しておいた蝋の板に、ノミを使って『魔法の属性』と書き込んでいく。

紙は高いので、基本的には蝋板で済ませてしまうつもりだ。

「じゃあまず魔法の属性がいくつあるか、アンナは知っているか？」

「火・水・土・風の四属性ですよね」

「それだと足りない。そこに聖と魔が加わり、最後に星を加えた七つが、いわゆる属性と呼ばれているものになる」

「聖属性と魔属性、それに星属性ですか……？」

聖属性と魔属性というのは、少々理解のしにくい概念だ。

そもそもの話をしてしまうと、最初は魔法を四つの分類で分けるだけで済んでいた。

けれど技術の発展に従って、徐々にそれでは表せないような魔法が増えてきたのだ。

熱湯を相手に吹きかけるバーンジェットという魔法は火魔法と水魔法の複合魔法にあたるが、現象としては熱せられている水が出ているために水魔法という形になる。

それらは理論上説明がつくが、回復魔法や結界魔法といったものに関しては完全にお手上げ状態になった。

そこでできた概念が、右記の二つの属性である。

誤解を恐れずざっくり言えば、なんか神々しくてプラスに働くのが聖属性で、暗くて陰キャっぽいのが魔属性だ。

そしてそれら六属性全てをかなりの練度で使えるようになって初めて使えるようになるのが、星属性魔法である。

「星属性って、おとぎ話でしか聞いたことないですけど……」

「まあ、そうだろうな」

現代で星属性魔法が使える人間のことを、俺はあまり聞いたことがない。

使えるやつも一人や二人くらいならいるのかもしれないが、積極的に情報を教えたりはしてないんだろう。

なので星属性に関しては、俺もあえて説明はしないことにした。

ちなみに星属性魔法はちょっと特殊なため、この星との相性や天体の位置関係でできることが大分変わってくる。

俺は空を飛んだり小隕石を落としたりするのが精一杯だったけど、俺の師匠は意識だけを別の場所に飛ばして、あらゆる地点の情報を集めることができたりしていた。

多分見たことはないけど、他にももっと色んなことができてたと思う。

アンナに教えながら考えているうちに、ふと疑問が浮かんでくる。

（あれ、そういえば……地球で星魔法を使ったら、どうなるんだろう？）

星魔法でできることは、星との関わりによって決まる。

であればこのディスグラドの星と地球、二つの母星を持つ俺の星魔法には、なんらかの変化が起きてるんだろうか？

「どうかしましたか、タイラー先生？」

「いや、なんでもない。とりあえず授業を進めるぞ」

気を取り直して授業を進めていく。

やはりアンナの飲み込みは早く、座学なら数日もしないうちに終わりそうだった。

……ひょっとしたら彼女、かなりの逸材かもしれない。

第六章 タイラーと不思議な迷宮

『戦乙女』達が帰ってきてからなされた報告によって、現在冒険者ギルドはてんやわんやな状態になっている。

なんとグングリ高原から本当に迷宮が発見されたのである。

おかげで俺もおまんまを完全に食い上げてしまっており、ドラゴン討伐で手に入れた報奨金を取り崩しながら生活をしているような状況だった。

金を引き出すためにギルドへやってくると、ギルドのあちこちから悲鳴にも似た叫び声が聞こえてくる。

「しっかし、まさか本当に迷宮があったとはな……」

「本当ですよねぇ」

「……いきなり後ろから声をかけないでくれないか、ミーシャ」

独り言を呟いたら、なぜか相づちが返ってきた。

ホラー体験に驚きながら振り返れば、そこには暇そうにしている受付嬢のミーシャの姿があった。

「色々と忙しいんじゃないのか?」

「実はそうでもないです。純粋な仕事量で言えば減ったんじゃないですかね。もしよければ今からでも、前に言っていたお礼をさせてもらえませんか？」

お礼って……ああ、指名依頼を受けた時のあれか。

ご飯を奢ってくれることになってたんだよな。

今は『戦乙女』も色々と忙しそうなので、俺の方はわりと暇を持て余している。

なので素直にお言葉に甘えさせてもらうことにした。

やってきたのは、『黄金海老の尻尾』。名前のゴージャスさからもわかるように、かなりの高級レストランだ。

イラの街でも上から数えた方が高いようなコース料理を出す店で、当然ながら俺は一度も入ったことがない。

やってきた食前酒がグラスに注がれる。

空気に触れてわずかに酸化した赤ワインの匂いが漂う個室。

流れる空気の中にミーシャの香水の香りがして、少しだけ胸がドキリとした。

「それでは少し遅れましたが……タイラーさんの指名依頼達成に」

「じゃあ俺はただ飯を奢ってくれるミーシャ様に」

「「乾杯」」

受付嬢って高給取りなんだなぁ。

でもこんな高いところだと流石に悪い気がする。

ミーシャの懐を心配しながら、ちんっとグラスをぶつけ合う。

やってくるオードブルに舌鼓を打ちながら、冒険者の話に花を咲かせる。

話題は自然、今一番ホットな新たに発見された迷宮のことになっていった。

「しかし『ゴーレムの洞穴』ってのは、ちょっと安直すぎるよな」

「いいじゃないですか、わかりやすくて」

茂みの中に隠れていた洞穴型の迷宮は『ゴーレムの洞穴』と名付けられた。

理由は『戦乙女』が中に入って偵察をしたところ、中には大量のゴーレムが徘徊していたからだ。

「新人冒険者達は大変ですね。ガルの森で獲物の取り合いになってますし」

「やっぱりそうなるよな」

現在事態を重く見たギルドは、北部の高原への立ち入り制限を行っている。

ゴーレムは一番弱いマッドゴーレムであっても銀級の強さがある。

恐らくは迷宮も、初心者が入れるような場所ではないだろう。

そのため本来なら東のガルの森と北のグングリ高原に分散していた新人冒険者達がガルの森の方に集中してしまい、混み合っているせいで以前と比べると奥で活動する者達の素材の運搬量も減っているらしい。

「けど逆にベテランなら稼ぎ時だろ」

「ええ、ハンマーやバトルアックス、大剣なんかはどんどん売れていくので武器屋が嬉しい悲鳴を上げてるらしいです」

街からそこまで離れていないところに迷宮ができていたというのはピンチだが、それは同時にチャンスでもある。

ある程度経験を積んだ冒険者達からすれば、ゴーレムは対策をしっかりとすれば倒せる魔物だ。

核を傷つけさえすれば倒せるため、内側に衝撃を通せる鈍器を扱えるだけで討伐難易度はぐぐっと下がるのだ。

「領主軍も出張ってくるんだろ？」

「はい、規模はわかりませんが迷宮の魔物はしっかりと間引いておかないと、スタンピードが起きてしまいますから」

迷宮からは定期的に魔物が湧き出してくる。

そしてその数が迷宮の許容量を超えると、魔物達が迷宮の中から溢れてくる。

このことをスタンピードと呼ぶ。

魔物を間引くために、このイラの街を治めている領主様の騎士団が出撃することは既に決まっているらしい。

そう、何も新たな迷宮が出現したことで活気づくのは冒険者達ばかりではないのだ。

ゴーレムが出現する迷宮というのは、重要な価値を持つことが多い。

ストーンゴーレムが出現するのならその場所は石資源を豊富に持つことになるし、アイアンゴーレムが出現するのなら鉄鉱山と同様の扱いを受ける。

ある程度慎重な冒険者達は騎士団が調査するのを待ってから入るつもりで、そして大抵の無鉄砲な冒険者達は我先にと迷宮へと向かっている。

ちなみに『戦乙女』は、領主からの直々の指名依頼を受け『ゴーレムの洞穴』へ向かうようだ。

実は一緒に来ないかと、誘われていたりする。

普段なら断るんだが、正直なところ俺はかなり揺れていた。

まだまったく未踏破の迷宮に、そこで出てくる魔物すら判明していない状態で潜るというのは、危険度が高すぎる。

だが俺が一緒にいれば、いざという時に皆を助けることができるだろう。

今ではルルは俺の魔道具作りの弟子だし、ウィドウは師匠だ。

皆俺のことを吹聴することもなく仲良くしてくれているし、俺はなんやかんや彼女達のことが気に入っている。

（それに迷宮というものの存在が、かなり気になっているというのもある）

出てくるのがゴーレムというのも、おあつらえむきだ。

ゴーレムであれば、ある程度核からの魔術回路を見ればそれが人工の魔導ゴーレムなのか天然のゴーレムなのかくらいは見分けがつく。

「タイラーさん、もしかして『戦乙女』と一緒に迷宮に潜るつもりですか？」

「……なんでわかったんだ？」

「今、男の子の顔してましたから」

いったいどんな顔をしてたんだろうか。

そんな顔を見られていたことがなんだか恥ずかしくなり、頼んだエールを一息で飲み干しておかわりを頼む。

食後のデザートを食べ終えたミーシャが、こっちを潤んだ瞳で見つめてくる。

そして机の上に出していた手を、キュッと握ってきた。

「タイラーさん……ちゃんと、帰ってきてくださいね」

「……ああ、任せてくれ。俺は生き残ることに関しては、定評のある男だ」

なにせ転生して別世界でまで生きてきた男だ。

しぶとさはディスグラド一と言っていいだろう。

だからそんなに心配そうな顔をしなくても大丈夫さ、安心してくれ。

俺って実は、結構強いんだぜ？

というわけで俺は再び、『戦乙女』の面々と一緒に旅をすることになった。

基本的に彼女達の前では気を張る必要もないから楽だが、こっちもこっちでやることがある。

今回の迷宮行は、正直どこまで続くかがわからない。

『戦乙女』は可能であれば迷宮深部までの探索を依頼されていると言うことなので、一月二月とかかる可能性もあるらしい。

それならばということで、しばらくの間会社を休ませてもらうことにした。

今の会社にあまり未練はないので正直クビを切られる覚悟で出社したんだが、三田課長がした反応は予想外だった。

「次はいつからならプロジェクトに入れそうなんだ？」

課長は俺を怒鳴りつけたりはせず、あきれ顔をしながらもこれからの話をしてくれたのだ。どうやら俺も気付いていなかったのだが、四半期ごとの契約更新の時期が近付いていたらしい。

「あまり無理をしたくないってことだったし、アルバイトに変えたらどうだ？　一応最低限入っておけば、今と同じく社保つけられるように経理の連中に話はつけておいたから」

「……」

たしかに契約社員としての仕事量を求められると、イラの街で何かあった時に俺は睡眠を削って回復魔法で無理矢理動かなければいけない状態だった。

なので俺はお言葉に甘え、契約社員からパートに雇用形態を変えさせてもらうことにした。

「なんだ、俺がこんなことをするのが意外だったか？」

「はい、嫌われているものだと……」

「ははっ、お前は前よりずいぶんとあけすけな物言いをするようになったな」

異世界とこっちを行ったり来たりしているうちにやや粗暴になった物言いをするようになった俺にも、三田課長は怒鳴りつけたりしなかった。

「なに、お前くらい能力があるやつをアルバイトの時給で雇えるんだから、こっちとしても助かるくらいさ」

いつもくどくどとした説教ばかり受けていたので知らなかったのだが、どうやら三田課長はなんやかんやで俺の能力を認めてくれているらしい。

世の中に本当に悪い人間というのは、ほとんどいないのかもしれない。

色々なストレスがかかって余裕がなくなるだけで、人の根っこの部分は善性でできているのだと、俺は思う。

現代日本は、生き抜くには大変な場所だ。

ディスグラドでも生活するようになった今、なおさらそんな風に思う。

第一に普通の生活をする難易度が高すぎるし、社会そのものから受けるストレスだって並大抵のもんじゃない。

サラリーマン道を道半ばでドロップアウトした俺が言うことではないかもしれないが、週五でフルタイムで働けているというだけで、めちゃくちゃすごいことだ。

けれどそんな普通の生活をしても、それで当然だという風潮があり。

誰からも褒められたりすることもなく、ＳＮＳで行われる幸せや金持ち自慢を見て、自分はなんてダメなんだと落ち込む。

そりゃあデジタルデトックスなんて言葉が流行るわけである。

「飲み行きましょう、先輩！」

「今回は自分も一緒にいいですかね？」

今日はただ会社に顔を出しにきただけなので、仕事をするつもりはない。

帰宅しようとしていると、いちかと五反田から飲みに誘われる。

まだ午後四時なので少し悩んだが、受けることにした。

適当に漫喫で時間でも潰してから行けばいいだろ。

こうやって慕ってくれる後輩がいることを、もう少し大切にした方がいいかもしれない。

そんな風に思えるようになったのは、やっぱり心にゆとりができたからなのかな？

まだ前世を思い出す前、俺はこのまま何も良いことなく死んでいくのかなと思っていたごく普通のサラリーマンだった。

けれどほんの少し視点を変えたり、視野を広げたりするだけで、世の中まだまだ捨てたもんじゃないと気付けたはずだ。

だって課長も五反田もいちかも、今と変わらず俺の社会人生活に居てくれてたんだから。

（それに今回の迷宮行は、俺だってどうなるかわからない。別に俺は師匠と違って、何が起こっても生き残れる絶対強者じゃないんだから）

危険にさらされる可能性があるからだろうか。

俺は今という時間を、大切にしようと思うことができた。

英気を養うためにいちか達と酒を飲みに行き、二次会でカラオケに行って熱唱した。

二日酔いにならない程度に酒は抑えたので体調は万全だ。

そして次の日、俺はテレポートを使い、久しぶりに『戦乙女』のパーティーハウスへと向かうのだった――。

「あらタイラー、ずいぶん早いわね」

「五分前行動は社会人の鉄則だからな」

パーティーハウスの中に入ると、エルザが俺を出迎えてくれた。

他のメンバーの姿が見えずキョロキョロしていると、既に外で待機しているという。

家を出ると既にメンバー達は馬車の周りで、思い思いの時間を過ごしていた。

ディスグラドでは俺もかなりきっちりしてる方のはずなんだけど、『戦乙女』の場合はそれ以上だ。

五分前行動していることをドヤ顔していた俺の時間を返してほしい。

「私達、貴族の女性の護衛を頼まれることとかも多いから」

「なるほどな」

皆で馬車に乗り込む。

なぜか俺の席は、馬車のど真ん中になった。

……え、なんで？（素朴な疑問）

「ちょっとタイラー、ウィドウがキツそうだからもうちょっとこっちに寄りなさいよ」

右隣にいるアイリスに腕を引っ張られる。

両腕でがっちりホールドされているから、完全にあててんのよ状態だ。

革鎧を着けているおかげで感触がカチカチなのが少し残念で、同時にありがたくもあった。

「大丈夫だ、むしろアイリスがキツそうだからこっちに来ていいぞ」

「おおっ⁉」

アイリスに拘束されて動けないでいると、ウィドウにひっこぬけるんじゃないかという勢いで左腕を引っ張られる。

かなり力任せに引っ張ったらしく、俺は勢い余ってウィドウにダイブする形になる。

「むぐ……」

普通なら振り払うと思うんだが、なぜか彼女は俺の背中に手を回し、掴んだまま離してくれない。

振りほどくことを諦めてぐったりすると、なぜか頭を撫でられた。

顔を上げるとそこには、慈母の笑みを浮かべたウィドウの姿がある。

「よしよし、よしよし」

……なるほど、これがバブみというやつか。

ママ風俗にハマってオギャりまくっている吉田の気持ちが、少しだけわかった気がした。

「ちょっとウィドウ、タイラーが困ってるじゃない！」

「そうです、タイラーさん苦しそうです！」

「あんた達、ちょっとは落ち着きなさい……」

エルザは呆れ顔で、ただこの様子を眺めているだけだった。

どうやら彼女には、ママの素養はないようだ。

ルルとアイリス二人がかりで救出されたかと思うとまた左右に引っ張られ、俺はお人形さんの気分を味わいながら馬車に揺られていく。

徒歩じゃなくて馬車なのにも当然理由がある。

ちなみに御者をしているのはライザだ。

馬を御せるのが彼女とウィドウしかいないため、馬車に乗る時は二人で交代しながら先を行くのだという。

街を抜けてからしばらくして人目がなくなったら、俺の魔法の出番だ。

当然ながら今回は、出し惜しみはナシでいく。

「テレポート」

俺もイラの街で冒険者として暮らしてそこそこ長い、当然ながら北のグングリ高原にも行ったことがある。

なので怪しまれないよう街をしっかりと抜けてから、テレポートで大幅にショートカットをしてしまうことにした。

街を出た時間と迷宮に着く時間には若干の齟齬が出るだろうが、まあそこまで気にはされないはずだ。

それよりも道中の警戒で無駄に疲れないことの方がよほど大事だろう。

当然高原の現地にいきなり飛んでは人目が気になるため、死角になる岩陰に転移しておくのも忘れてはいない。

「ふぅ、これでかなり時間短縮ができたな……って、どうしたんだ？」

「やっぱり何度やっても、いきなり景色が変わるのには慣れないわね……」

テレポートを終えると『戦乙女』のメンバーが狐につままれたような顔をしている。

一瞬の浮遊感の後にすぐに景色が切り替わるので、たしかに俺も慣れるまで時間がかかった記憶がある。

テーマパークとかがないこの世界では、かなり刺激的な体験なんだろう。

「転移魔法って便利すぎるわね……これってルルでも使えるようになるかしら？」

唯一少しだけ落ち着いているエルザが、髪の毛を手ぐしで梳かす。

再び馬車が動き出し始めた。

事前に迷宮の場所は聞いているから、ここからならそう遠くないうちに迷宮にたどり着けるはずだ。

しかし転移魔法がルルでも使えるようになるかどうかは、実は微妙な問題だ。

転移魔法自体は星属性魔法であり、テレポートが使えるようになったのには俺の個人的な資質と前世での研究が多いに関係している。

弟子として一から仕込んだらまた話は変わるかもしれないが……正直この世界に与える影響が予想できないから、なるべくならそれはしたくないところだ。

「理論上は可能だけど、星属性だからな……ルルの適性次第だろう」

「――はっ！　やっぱりタイラーさんは星属性魔法の使い手だったんですね！」

「……まあ、一応な。メルレイアさんと比べたらまだまだだけど」

既に転移魔法が知られてるし、プチメテオを使うところも見られている。

別に隠す必要はないだろう。

なんやかんやでかなり気を許しているという自覚はあるから、もしかしたら俺がここではない別の世界でも暮らしているってことを話すのも、そう遠い話ではないかもしれないな。

「ひひいいいんっ！」

馬がいななきながら、その速度を上げていく。

蹄の音が聞こえてくるほどに踏みしめられた場所まで出たようだ。

ちなみに人間達とは違い、馬の方は何がなんだかよくわかっていないのか、別に驚いたような様子もなく平常運転だった。

ウィドウの膝の上に乗せてもらい、外の様子を確認する。

ここ最近ようやくある程度使えるようになってきた感覚強化を使って、視力を強化する。

ぐんぐんと視力が上がり、ぼやけている遠くの景色が鮮明になっていく。

まず最初に見えたのは、騎士らしきごつい男達の甲冑姿。

そしてその奥には、その底を見せないほどの暗闇があった。

「あれが……迷宮……」

迷宮はまるで、来る者を拒まぬ化け物が大口を開いているかのようだった。

半円状の入り口は大きく開放されていて、その左右を監視役らしい二人が固めている。

その姿を隠していたらしい草は根こそぎ抜き取られていて、そこだけ周囲の空間から隔離されているようだった。

本来なら背の高い草に隠れていたらしいが、それだと見分けがつきにくかったからこんな風にしているんだろう。

馬車から降りて地面に杭を打ち、馬をつなぎ止める。

周囲の草を食めるように紐に余裕を持たせてから、迷宮へとやってくる。

『戦乙女』の姿を確認した騎士達が、ビシッと敬礼をする。

なるほど動きがキビキビとしていて、軍隊的な訓練を受けたのが一目でわかる。

体躯もずいぶんと立派だ。鎧で着ぶくれしているのもあるだろうが、背丈もウィドウや俺より高いように思える。

「今って、潜ってるのは騎士達だけなのか？」

「騎士だけじゃないわ。今はとにかくゴーレムを間引いた方がいいからって、自己責任ってことで銀ランク以上の冒険者なら立ち入り許可は簡単に出るんだって。だからタイラーも問題なく入れるってわけ」

「なるほどな……」

俺はもっとバシバシに領主軍なんかを動かすもんだと思っていたが、どうやら軍っていうのはそう簡単なものでもないみたいだ。

何せ他国や他領にも睨みを利かせる必要もあるし、いくら迷宮が見つかったとはいえ、まだ実害が起きてないもののために大量の兵を割くことができないんだと。

迷宮調査にやってこれる人員も、いいとこ百人ってところらしい。

おまけに領主軍の動き自体もかなり遅い。

迷宮にやってくるにはまだ大分時間がかかるみたいだ。

まあ考えてみれば、指示を出したり命令書を作ったり兵站を整えたりとか色々するのに手間がかかるのは当たり前のことだ。

なのでその間のつなぎというか人柱というか……まあ言い方は色々あるが、まだ未踏の地を歩かせて情報を集めるためにも、ある程度冒険者に自由に迷宮を開放しているってことなんだろう。

「お勤めご苦労様です」

「『戦乙女』の皆様も、お疲れ様です」

「エルザお姉様、お疲れ様です！」

意外なことに、甲冑の内側から聞こえてくる声はどちらも女性のものだった。

見上げるほどの身長は2メートル近くはあるだろうか。

これほど巨大な女性となると、純粋な人族ではないだろう。

（巨人族の血でも入ってるのかもしれないな）

エルフが生き残っているのだから、当然獣人や巨人族達も残っているだろう。

イラの街ではあまり見ることはないが、この世界には亜人と呼ばれている特徴的な姿をした人間達が数多くいる。

よくありがちな人間だけを崇拝する宗教が亜人達を迫害……なんてことはなく、どの種族もわりとゆるーっと人間達に馴染んでいた記憶がある。

それ自体三百年前のものだから、今がどうなのかは知らないけど。

「あら、あなたは……」

右側の女性から視線を感じたので、とりあえず挨拶しておくことにした。

ちなみに左側はもっとひどく、明らかに俺に闘気を飛ばしてきている。

さっきエルザのことをお姉様って言ってた方が左の女性だ。

もしかしたら俺を、彼女についた悪い虫か何かだと思っているのかもしれない。

「エルザお姉様、彼は？」

「ポーターよ。迷宮探索者にはよくあることでしょ？」

「それは、そうかもしれませんが……」

迷宮という実入りは多いが危険度も高い場所で、色んなことに神経を張り巡らせるせいで戦闘に支障を来しては元も子もない。

そのため迷宮を探索する際は、本来のパーティーとは別に斥候役やポーターなんかを雇って負担をなるべく軽減させるというのが、一般的な考え方らしい。

ちなみに斥候も戦闘をこなせる一流パーティーだと、その例には当てはまらないらしいけど。

「上手く取り入ったのね」

迷宮に入ろうとしたところで、横からそうささやかれる。

こんなのを相手にするだけ時間の無駄なので、何も言わずに通り過ぎる。

すると後ろから露骨に舌打ちの声が聞こえてきた。

騎士っていうのはもっと品行方正なものだと思ってたが、案外人間味が溢れている方も多いようだ（マイルドな婉曲表現）。

「なんか初期アイリスみたいなやつだったな」

「しょ、初期アイリスって何よ⁉」

納得いかない様子のアイリスをまあまあとなだめながら、階段を下っていく。

明らかに魔力の気配を感じるな。多分だがこれは、『収納袋』と同じ類いの技術が使われている。

空間が歪み、拡張されている。

ただ何十人という人が入れるような巨大な空間を拡張するのは、『収納袋』を作るのとは訳が違う。

やはり迷宮は、俺が居た頃の魔法技術で作られているのだろう。

さしずめ、技術を集約した超巨大な魔道具ってところか……？

階段を下り終えると、そこにはゲームでしか見たことがないような薄暗い洞穴が広がっていた。

数十歩も歩くといくつもの分岐路があり、小さい頃に遊びに行った迷路を思い出させる造りになっている。

そんなことを考えながら洞穴の中を進んでいると、ライザがこちらに振り返る。

「来るよ、二体！」

「事前の打ち合わせ通りに行くわよ！」

ライザの声かけの後にぬっと現れたのは、明かりに照らされた物言わぬ土の巨人。

銀級の魔物であるアースゴーレムだ。

事前に決めていた通り、一体は俺の受け持ちだ。

せっかくの機会なので、身体強化だけでどこまで戦えるかの実験台になってもらうぞ。

俺は魔力を一つの流れにまとめ上げ、循環させながら、ゴーレムへと駆けていく――。

アースゴーレムの見た目は、レンガブロックを重ねて作り出した四角い輪郭をした、人型の巨人だ。

体躯はおおよそ三メートルほどだろうか。見上げるほどの巨体で、顔らしき部分には周囲を確認するためのレンズが一つぽつんとついている。

見た目的には、ドラ○エのゴーレムをモノアイにした感じといった方がわかりやすいかもしれない。

「グオオオオオオッッ！」

ゴーレムが拳を振り上げ、ストレートを叩き込んでくる。

軽くひょいと避けると、拳が地面にめり込む。

地響きを立てるほどの衝撃があり、地面には拳の跡がくっきりと残っていた。

（見た目はかなり魔導ゴーレムっぽいな）

ゴーレムには魔物として自然発生する純粋なゴーレムと、人工的に作られた魔導ゴーレムの二種類がある。

これはあくまで傾向だが天然のゴーレムはいびつな形をしたものが多く、魔導ゴーレムは規格化されて生産されているせいで角張った形状のものが多い。

「グオオッ‼」

続いて足を上げ、こちらに蹴り上げようとしてくる。

デカブツだが、思っていたより動きが速い。

だが身体がついていけないほどではないので、捌くことは問題なくできそうだ。

振り回された腕の一撃を避けてから、『収納袋』に手をかける。

俺が取り出したのは、刀身が一メートルを超える大剣だ。

今回の討伐用に屋敷から引っ張り出してきた魔導剣である。

「次はこっちの番だ」

こいつの名は、『魔導剣シャリオ』。

魔力を流し込むとそれだけ耐久度と切れ味が上がるようになる大剣で、なかなかな上物だが膂力の問題で前世では死蔵していた逸品である。

強化された腕力で持ち上げた剣に、魔力を流し込んでいく。

とりあえず中級魔法一発分くらいの魔力を流し込んでから、アースゴーレムへと斬りかかる。

通常であれば持ち上げるのにも一苦労する獲物でも、これだけ全身を魔力が循環していれば棒きれのように取り回すこともできる。

「そおれっ‼」

勢いよく叩き込んだ大剣は――そのままアースゴーレムの身体を、内側に隠されていた核ごと真っ二つにしてしまった。

「……え？」

思わず間抜けな声が出てしまった。

抵抗らしい抵抗もまったくなく、溶けかけのバターをナイフで切る時のようにするりと刃が通ったぞ……完全に俺の想像以上だ。

アースゴーレムの身体にしっかりと攻撃が通ればくらいのつもりでいたんだが……こんなに威力が出るとは。

これならストーンゴーレムはおろか、アイアンゴーレムだって一刀両断にできるかもしれないな。

そりゃあ業物とか言われるわけだ。

貰い物だから値は知らないけど、買ったら相当高かったんじゃないだろうか。

前世ではゴーレムを始めとする物理特化型の魔物とは、すこぶる相性が悪かった。

ゴーレムを倒すにも、強めの魔法をぶち込んで核ごと身体を壊さなければ戦いが終わらなかったと記憶している。

身体強化が使えるようになったことで、また一つ戦いの幅が広がった。

これならそう遠くないうちに、遠近両方で戦える魔法戦士になれるかもしれないな。

「せいっ！」

声を聞き、そう言えばもう一体の方はどうなったかなと思っていると、あちらも問題なく戦いが終わっていた。

身体は斬り飛ばされ、露出した核が一突きで壊されている。

恐らく前者はウィドウの、後者がエルザの仕事だろう。

アースゴーレムは、銀ランクの中では比較的強いとされているタイプのゴーレム種だ。

素材が土でできているため硬さはストーンゴーレムやアイアンゴーレムと比べると劣るものの、その分周囲の素材を吸収して簡単に身体を作り直すことができるため、再生能力に秀でている。

……が、『戦乙女』からすればあの程度では大した問題ではないらしい。

「戦闘も終わってるし、観察してみるか……」

幸い今回は、真っ二つになった以外では大きな傷もない素体が手に入った。

まず両断された核を観察し、その周囲に広がっている魔術回路を確認していくことにした。

検分の時間は、多分一分もかからなかっただろう。

うん、と一つ頷く。

ちょっと見ればすぐにわかった。

「間違いなく人の手が入ってるわ、これ」

迷宮のゴーレムに彫り込まれている回路は、人造の魔導ゴーレムだ。

天然のゴーレムにしては、回路が綺麗でシステマティックすぎる。

そもそも天然のゴーレムの場合、なんであれでゴーレムとして動くかわからないくらい適当なものを、馬力強めの核で強引に動かしてる感じだからな。

ってことは迷宮って施設はやっぱり、何か目的があって人為的に作られたものなんだろう。

でもこれ、深くまで進んでいって……大丈夫なんだろうか？

俺が対応できないような先進的な技術とか出てきたら、結構ヤバい気がするぞ。

テレポート使用禁止空間とか作られてたら詰むかもしれん。

調査は慎重にしてもらうよう、エルザに言っておくべきだな。

というわけで早速、俺はこの迷宮の危険さを伝えておくことにした。

そしていざという時には撤退を視野に入れるよう、エルザに約束させるのだった。

次に出てきたのはアースゴーレム二体、ストーンゴーレム一体という組み合わせだった。

今回は俺がストーンゴーレムを担当させてもらうことにする。

「次は魔法でいってみるか……ファイアアロー」

俺は初級魔法のフレイムアローを発動させる。

魔導ゴーレムは量産の都合上、同一生産ラインの個体であれば核の場所が同じになることが多い。

ある程度狙いをつけて一点突破でいいのなら、初級魔法のこいつでも十分だろう。

ちなみに魔法の分類方法は、おおまかに初級・中級・上級という風に分かれている。

魔法協会のお偉いさんが作った規定のため、中級より威力が低い上級魔法なんてものも存在しており、魔術師からの評判はあまり良くない。

ちなみに俺も、この分類には習得難易度の指標以外としてはあまり使えないと思っている。

「グオオッ‼」

　先ほどアースゴーレムの核があった右胸の、人間でいうところの心臓の辺りを射貫く。

　ストーンゴーレムはその一撃で表面を抉らせたが、まだその活動を止めはしなかった。

　見れば核のところまでたどり着けてもいない。

　流石に中級魔法くらいは使わないと駄目か。

「フレイムランス」

　炎の槍が、こちらに向かってこようとするストーンゴーレムを貫く。

　今度はしっかりと核を射貫けたようで、ズズゥンと大きな音を立てながらストーンゴーレムは地面に倒れ込んだ。

　さてと意識を切り替え、『戦乙女』の方を見つけると、戦力を分散させながらも器用に戦うことができていた。

　右の個体をウィドウとアイリスが、左の個体をエルザ・ルル・ライザの三人で相手している形だ。

　特に苦戦している様子もないので、一応いざという時には参加できるようにしておきながらも彼女達の戦いを観察させてもらうことにする。

　まずは右側で戦っている、ウィドウとアイリスだ。

　こちらは非常に豪快な戦い方だ。

「オオオオオオオオッッ‼」

ウィドウの大剣が、アースゴーレムの振り下ろしとぶつかり合う。

一撃はウィドウに分があり、焼きしめられたように固くなっている拳を半ばほどから断ち切った。

けれどゴーレムには痛覚がないため、アースゴーレムは斬られた右手を地面に着けながら崩れかけた体勢で左拳を振り抜いた。

「――ゴオッ!?」

攻撃の直後でわずかに動きを硬直させているウィドウに向かった拳が、その直前で動きを止める。

モノアイ目掛けて高速で飛んでくる矢を見つけたからだ。

ゴーレムは着いている単眼にその視力を依存している。

唯一の目を狙われたアースゴーレムは攻撃を停止させ、咄嗟に腕を上げた。

それにわずかに遅れる形で、先ほど目があった位置を寸分違わぬようにストッと矢が突き立つ。

ゴーレムの向かい側、ウィドウを間に隔てて向かい合っているのは、次の矢を番えているアイリスだ。

「ウィドウ！」

技後硬直から立ち直ったウィドウが、前傾姿勢で前に出る。

ゴーレムの目が完全にアイリスに向いたことで、その意識の間隙をついて一気に距離を詰めた。

「これで――トドメッ！」

アースゴーレムがウィドウの存在に気付くが、もう遅い。

ウィドウが力を溜めて放つ渾身の振り上げが唸る。

加速された鉄塊は防御に回した腕を断ち斬ってもその勢いを止めることなく、そのままアースゴーレムを一刀両断せしめてみせた。

一撃がパワフルなウィドウは、ゴーレムとの相性がいい。

彼女がいれば、戦闘で困ることはまずないだろう。

逆にアイリスの場合、ゴーレムと戦う場合はかなり狙いをシビアに設定しなければならないようだ。

身体強化を使って強引に核を射貫くことができればまた話は別だろうが……ゴーレム相手だと、火力不足な感が否めない。

……そうだ、そういえば前世では弓使いの中に風魔法を使って矢を加速させたり、鏃から風の刃を伸ばすことで殺傷能力を上げたりしているやつがいた。

今まではルルとアンナにしか教えていなかったけど、もしアイリスが乗り気なら彼女に魔法を教えるのもいいかもしれない。

左側で戦っているのは、エルザ・ルル・ライザのトリオだ。

こちらは危うげのない、堅実な戦い方をしている。

「我が意に従い貫け炎の矢――ファイアアロー！」

ルルが詠唱省略によって発動時間を短縮したファイアアローを放つ。

その速度は弓矢と同程度。

アースゴーレムは避けることができないと判断し、アイリスの時と同じく腕を上げて防御姿勢に入った。

その間に背後に回っていたライザが、足を狙ってナイフを投擲する。

ゴーレムは球体関節とまではいかないが、動きを滑らかにするために関節部の強度が柔くなっていることが多い。

関節部にナイフが刺さったことで、アースゴーレムの動きが明らかにぎこちなくなる。

そうなればもう、高速で動くエルザの敵ではない。

彼女はアースゴーレムを速度で翻弄しながら的確に傷を増やしていく。

「――見つけたわ」

ゴーレムにとっての核は、人間における臓器全てをまとめたような非常に重要性の高いものだ。

故に核の周囲の硬度は、他の場所と比べると多少高くなっていることが多い。

どうやらエルザはゴーレムに切りつけながら、その感触から核の位置を割り出してみせたらしい。

器用だな……まだ豪快に斬るくらいしかできない俺には真似できそうもない。

両方ともあっという間に動きを止め、魔石と同様に扱われる核だけを回収して先に進んでいく。

ゴーレム程度に時間をかけてられないし、サクサク進むことにしよう。

その間にある程度、情報共有もしておかなくちゃな。

俺は自分が知っている情報を取捨選択した上で、噛み砕いて教えておくことにした。

全てを教えることが、俺と『戦乙女』双方にとっていいことになるとは限らない。

まず軽めのジャブという感じで、ゴーレムの核の位置を教えてみる。

するとやはり、これですら半信半疑だった。

俺は知らなかったが、冒険者ギルドではゴーレムの核の位置は、胸の辺りと教えられるらしい。

「一度試させてくれるかしら」

「もちろん」

皆を代表してエルザが、次に遭遇したゴーレムと一人で戦うことになった。

やってきたのは全身が砂でできているゴーレムである、サンドゴーレムだ。

彼女は俺が教えた位置を、しっかりと一撃で貫いてみせた。

「なるほど、本当に同じなのね……」

核を一撃で貫かれ活動を止めたゴーレムを見ながら、エルザがぽつりと呟く。

「私もやっていい？」

「あっ、それなら私も」

自分で確かめてみないと信じない質なのだろう。

他のメンバー達も続々と手を上げ、一対一でゴーレムと戦うことになった。

ゴーレム達の核をウィドウの振り下ろしが、アイリスの強弓が、ルルの炎の矢が、ライザの投げナイフが壊していく。

場所さえわかっていれば、ゴーレム討伐の難易度は確実に下がる。

見敵必殺な怒濤の勢いで、彼女達はゴーレム達を狩っていった。

ここまで核の場所が同じだと、流石に彼女達も信じざるを得ないようだった。

「ねぇ、どうして核の位置がどの個体も一緒なの？　今まで私達が倒してきたゴーレムって、基本的に核の位置がバラバラだったのに」

「恐らくこのゴーレムがどこかの魔道具職人お手製のものだからだろうな。以前はゴーレムって、魔法と魔術回路で作れたんだよ」

「そんなわけが……いえ、そういえば……」

アイリスが言葉を止める。

恐らく俺の屋敷にいる魔導ゴーレムのことを思い出したんだろう。

外に置いている防犯兼警備用のゴーレムは、この迷宮で出会うゴーレムと共通点がないではない。

あれを見た後だと、すんなり受け入れられるようだった。

屋敷に連れて行っておいて、良かったな。

「ちなみにそれだと簡単に壊されるから、普通はもうちょっと色々考える。多分この迷宮のゴーレムは手抜きで作られてるんだろうな」

「いや、手抜きって……」

ライザがしらけたような顔をするが、事実である。

同じ種類のゴーレムの核の場所が共通しているのはまだいいんだ、その方が生産効率が上がるのは間違いないし。

基本的に同じ場所だけど、たまにまったく別のところに置いて意表を突いたりもできるしな。だというのにこの迷宮のゴーレム作成者は、アースゴーレムにストーンゴーレム、サンドゴーレムと今までに出会った三種類のゴーレム全てが同じ場所に核を持っている。

これを手抜きと言わずして、なんというのか。

制作者の仕事のずさんさに憤っていると、右手に違和感が。

見るとルルに、なぜか腕をがっちりとホールドされていた。

他のメンバーとは違い彼女が着けているのはローブだけなので、何とは言わないが感触がダイレクトにやってくる。

思わずくらくらしそうになるが、丹田に力を入れてなんとか持ちこたえる。

「タイラーさんって、ゴーレム作れたりしますか!?」

「一応な」

「教えてください！」

「ま、また今度な……」

「約束ですよ！」

ルルはいつも奥手なんだが、こと魔法技術のことになると人が変わったように好奇心旺盛になる。

俺が矢継ぎ早に質問を浴びせかけてくるルルに対応しているうちに、それがそのまま全体での情報共有の役割もはたしてくれた。

核の情報のインパクトが大きかったからか、迷宮そのものが人造の建築物であることや、迷宮それ自体が巨大な魔道具であることなんかもわりとすんなりと受け入れてもらうことができたようだ。

「それでそれで、次は何かありますか⁉」

「も、もうありません、勘弁してください……」

俺はルルに情報という情報を搾り取られることになり、本来言おうと思ってた以上のことを色々と話してしまうのだった。

つ、疲れるヨ、おぢさんもう若くないんだから……。

そんなこんなでぐったりしながらもゴーレムを倒してマップを埋めているうちに、探索一日目は終わり。

迷宮に地べたで眠りながら周囲の警戒もして、疲れが取れずに眠れないなんてのはまっぴらごめんなので、一度皆で屋敷に戻って、明日の朝から再挑戦しようということになった。

なんだか俺が思ってた迷宮探索と違うような気がするが……現実なんて、案外こんなもんなのかもしれない。明日は宝箱とか、見つけられたらいいな。

翌日。

屋敷でぐっすりと眠り英気を養った俺たちは、再び迷宮へと入っていた。

この洞穴の構造は、入り組んでいて非常にわかりづらい。

行くところ行くところで道が枝分かれしていて、行き止まりになることも少なくない。

ただ、迷宮の探索自体にそこまで神経をすり減らす必要がないのは助かる。

歩いてるからもちろん疲れは溜まるけど、ゴーレムが通れるくらいに幅がデカいから閉塞感もないし。

それにゴーレムは足音も大きいから、奇襲なんかを受けることもないからな。

「罠もないし、ゴーレムが来るのは簡単に聞き取れるし、することがなくて暇だよぉ」

「こら、気を抜かないの。そう油断させておいて引っかけるつもりかもしれないじゃない」

ある程度規模が大きな迷宮には罠がある。

これは冒険者にとっての常識（らしい）。

ポピュラーなのでは落とし穴や毒矢、珍しいものでは転移罠や魔力を吸い取る罠なんてものまであるらしい。

なんでも罠を解除して、罠に使われている素材を売って生計を立てているやつもいるというのだから、世界というのはなかなかに広い。

しっかし……本当に広いな。どこまで続いてるんだろうか。

俺一人だったら、間違いなく道に迷っていたな。

なんせ自慢じゃないが、駅前の地図を見ても目的地に着けないくらいだし。

「えっと……うん、そろそろ地図も埋まってきてます。概算ですが七割程度は埋まってるかなぁと」

マッピングは完全に『戦乙女』に任せている。

ちなみに『戦乙女』での担当は、アイリスとルルの後衛二人だ。

ずっと薄暗い空間で地図とにらめっこするのは疲れるだろうと思い、明かりの魔道具を貸し出している。

周囲の魔力を取り込んでくれるため魔石の消費の必要がない、前世の頃に流行っていたハイグレード型だ。

「しっかしよく描けるな、こんな細かいの」

ルルの手元を見ると、びっしりと迷宮の地図が描き込まれた紙がある。

集合体恐怖症の人間が見ればうわっと声を出すほどに小さい線がぐねぐねとうねっていた。

「基本的には敢えて小さめに描き込んでおくのがコツですね、余白を多めに取っておかないと後で新しい道が出てきたときに困るので」

「正確な地図はまだできてないはずだから、私達がいの一番に作れば権利で大儲けできるわね」

「儲かるもんなのか？」

「ええ、結構な額になるはずよ。領主様直々の指名依頼だからギルド側もケチったりできないだろうし」

ルルと合作で地図を作っているアイリスが、俺の知らない迷宮の世界を説明してくれた。

今回のようにまだまともに踏破されていない迷宮の場合、一番最初に情報提供をした者に色々な権利が渡るようになる。

　正確な地図が作成できたのなら、その情報を冒険者ギルドに売りつければかなりの額になり、更にその正しさが証明されれば以後ギルドが販売する地図が売れる度に、作成者に小銭がチャリンチャリンと入ってくる仕組みらしい。

「よし、それならこの第一階層の地図も埋まってきたし、そろそろ第二階層に進みましょうか」

　実は第二階層に続く階段は、既に見つけている。

けれど今回『戦乙女』が指名依頼として受けたのはあくまでも迷宮の調査であるため、なるべく地図を埋めたり、罠やボスの位置を確認したりする必要があるのだ。

「ボスのアイアンゴーレムを倒して、さっさと第二階層に進みましょう」

　エルザの言葉に、俺を含めた全員が頷く。

　ボスというのは迷宮の階層によって出現することのある、階層の魔物達より一等強い力を持つ魔物のことである。

　迷宮で次の階層に進めるパターンというのは、三つある。

　一つ目が、ボスを倒さなければ先に進めないパターン。

　二つ目が、いるけれど別に倒さなくても先に進めるパターン。

　そして最後が、そもそもボスがいないというパターンだ。

　今回の場合は、このうちの一番最初にあたる。

　階段の前に、冒険者達の行く手を阻むかのようにゴーレムが立っているのだ。

そこで待ち受けているボスこそが、銀ランクの魔物では最上位の強さを持つという、全身が鉄でできたゴーレム――アイアンゴーレムだ。

地図を頼りに階段のある場所へとやってくると……いた。

黒っぽい鉄で全身ができている、アイアンゴーレムだ。

歩き回っている他の個体とは異なり、階段の前でジッと立ち続けている。

モノアイがこちらの姿を捉えたが、動く様子はない。

階下への階段を守るボスは、基本的にかなり接近しなければ動くことはないらしい。

（ん、あれは……）

前回確認をするためにサッと立ち寄った時には気付かなかったが、その足下には革の鎧や鉄の剣なんかがうち捨てられている。

恐らくやられた冒険者達のものだろう。

アイアンゴーレムは決して弱い相手ではない。

浅層のボスがこいつとなると……奥深くには一体、何が待ち受けているのだろうか。

……っと、今はそんなこと考えてる場合じゃないな。

集中集中。

「皆、準備して！　ルルが詠唱を始めたら――行くわよ！」

「「了解！」」

アイアンゴーレム程度、別にタイラーの手を借りる必要もないわ。

そう言っていた通り、銀ランク程度の魔物では『戦乙女』の相手にはならないようだった。

「土の縛鎖、我が意に従い敵を拘束せよ、顕現せよ人造の蛇――アースバインド！」

アイアンゴーレムの周囲の土が隆起し、そこから土の鎖が整形されていく。

中級土魔法であるアースバインドは、相手の動きを拘束するための魔法である。

流石に全身を絡め取るのは難しいと考えたのか、アースバインドはゴーレムの全身ではなく足を中心にしてその鎖を射出させた。

「グオオオオッッ⁉」

こちら目掛けて前進しようとしていたアイアンゴーレムはつんのめる。

そして巨体の重量を支えきることができず、思い切り地面に倒れ込もうとする。

「ふうううっっっ……」

その眼前に飛び出すのは、呼吸を整えながら集中力を高めているウィドウだった。

彼女は倒れ込んでこようとするアイアンゴーレムの目の前に陣取り、剣を構えている。

上段に構えながら腰を落とし、力を溜め込んでいる。

込められた力の強さは、躍動する上腕二頭筋からも窺うことができた。

瞬間、爆発的な魔力の高まりを感じる。

全身に循環させていた魔力が突如として噴き出すほどに出力が上がった。

「おおおおおっ‼」

そしてウィドウが、渾身の一撃を叩き込む。

倒れようとしているアイアンゴーレムは、無防備な状態でその一撃を受ける。

ボゴオォッ！

ウィドウの一撃にかち上げられたゴーレムの胸部に大きな凹みができる。

彼女の力は圧倒的で、アイアンゴーレムは攻撃の勢いそのまま後方に吹っ飛んでいこうとする。

けれど最初に絡みついた鎖が軋みを上げながらも脚部を拘束し続け、結果として仰向けに倒れようとする。

「――そこっ！」

今回エルザよりも早く飛び出したのはライザだった。

彼女は手に持った、薄く虹色の膜の張った短剣を、ゴーレムの核の位置へと差し込む。

『戦乙女』の得物は全て、魔法金属であるミスリル製だ。

鉄がミスリルに叶うはずもなく、彼女の一撃はゴーレムの胸部を容易く刺し貫いてみせた。

持ち手を浅くしてグリンと突き込むと、パキッと骨が割れるような音が聞こえてくる。

恐らく……というか間違いなく、攻撃が核まで到達したのだろう。

「グ……オォ……」

一瞬のうちに滅多打ちにされ核まで壊されたゴーレムが、モノアイから光を失わせそのまま活動を止める。

エルザが足を止め、アイリスが矢を番えるのを止めた。

「流石ミスリルランク冒険者だな」

「茶化さないでよ」

「いや、茶化してない。本気だって」

「いいや、茶化してるわね。私にはわかるの」

お前が俺の何を知っとると言うんや……思わず何弁かもわからない方言が出ちゃったじゃないか。

「あ、あれは……？」

なぜか俺の脇をつんつくとつついてくるアイリスの猛攻から逃げていると、突如として迷宮の中に光が湧き出した。

アイアンゴーレムの身体……いや違う、身体の下の迷宮の床が輝いてるのか。

つぶさに観察をしていると、アイアンゴーレムの死骸が地面に吸い込まれるようにして消えていく。

そして死骸と入れ替わるように、何か箱のようなものが現れた。

あれって、もしかして……。

「ねぇ、アイリスさんや」

「なによ、タイラーさん」

「あれが宝箱でいいんじゃよね？」

「なぜおじいちゃん口調なのかはわからないけど……そうよ。あ、タイラーは見るの初めてなんだっけ」

「うむ」

さっきまでアイアンゴーレムだった何かのところへ歩いていく。

現れたのは、俺がイメージしている感じの宝箱ではなかった。

見た目はトランクに近いが持ち手がなく、箱の中央に集まるように細かい線がびっしりと入っている。

恐らくだがこれは魔術回路だろうな。

死骸を物に変える……本当にすごいな。

仕組みがさっぱりわからないぞ。

つい好奇心から触れようとすると、ぺしっとしっぺをされる。

俺の手をパシッと叩いたライザは人差し指を立てながら、

「めっ……だよ！　宝箱の中には触れるだけで電流が走ったり毒針が飛び出したりする罠つきのものも多いんだから」

「お、おお、すまん……」

わかればいいのだ、とライザが取り出した盗賊七つ道具みたいなやつを使ってカチャカチャと宝箱を弄り始める。

こういうのは専門職に任せようということで、俺たちは下手に罠を食らわないよう遠巻きに見つめることにした。

すると……ガチャリ、と音が鳴る。

上側が開き、ドキドキで宝箱を覗いてみると……そこにはまん丸な石が置かれていた。

「これは……多分ゴーレムの核ね。売ってお金にしましょうか」

手に取ってしげしげと眺めながら言うエルザに、『戦乙女』のメンバーが賛成する。

けれど俺はそんな彼女達に待ったをかけた。

「それを捨てるなんてとんでもない！」

だって無傷のゴーレムの核があるなら――魔導ゴーレムが作れるじゃないか！

「え、別に売るから捨てるわけじゃないんだけど……？」

普通に当惑しているエルザのことは一旦置いておきながら、ゴーレムの核をしげしげと眺める。

「これを使えば、多分ゴーレム作れるぞ。もし売るだけなら、俺が使ってみてもいいか？」

「あんた、本当にゴーレム作れるのね……」

「ただ、どんなゴーレムになるのかは、正直ちょっと想像がつかない」

「それは、なんだか怖いですね……」

さっき現れた宝箱然り、このゴーレムの核然り、この迷宮内にあるものに彫り込まれている魔術回路は、俺が知っているものと結構違う。

ところどころはわかるんだけど、全体像が掴めない感じ……初級者向けの単語帳だけを使って、難解な英語の長文を解いているような感覚に近いだろうか。

なので恐らく普通のゴーレムができるんだろうな……ということくらいはわかるんだが、あまり詳細なところまではわからない。

「エルザさん、別にいいんじゃないですか？　アイアンゴーレム程度なら、リポップしてもどうとでもなりますし」

「そうね、それじゃあやってもらおうかしら」

渡してもらったゴーレムの核を上下左右から観察していく。

多分ここが魔力を集束するところだろ、それにここが周囲の物質を集めるところ……ここはちょっとよくわからないな……。

理解できるところとそうでないところが大体半分程度だが、見た限り明らかにおかしな魔力の流れであったり、魔力を溜め込んで爆発するような回路にはなっていなさそうだ。

一応念のために皆には階段側に待避してもらいながら、恐らくここに魔力を流し込めばいいんだろうなという場所に手を置く。

ん、でもこの魔力を注ぐ場所……ちょっと冗長すぎるな。

もうちょい簡略化したら効率よく魔力が回るぞ……あとここ、リミッター外せばもうちょい魔力注げるだろ？

安全性を確保するためにこっちの部分はちょっと削って……。

俺はミスリルのダガーを取り出し、ちょちょっと魔術回路を弄ってみる。

とりあえず今できそうな部分の手直しを終えただけだが、さっきまでより明らかに魔力が淀む箇所がなくなっているのがわかった。

自分の仕事に満足した俺は、リミッターを外して魔力量の制限を取っ払ったゴーレムの核に魔力を注ぎ込む。

俺の頃はこんな安全機構なんてなかったから、大体どれくらいまでは暴発せずに魔力が入るかはなんとなく感覚でわかっている。

ブルブルブルッ‼

先ほどまで微動だにしていなかった核が、急に生き物のように震えだした。

そのまま脈動し始めた核を地面に置くと、核が周囲の土を取り込みだす。

その様子を見て驚いたのは、『戦乙女』の皆だけではなかった。

正直俺の方も、驚きを隠せなかったのだ。

なんと宝箱から出てきた核は……周囲にある土から、素材をある程度選択して吸収を行っていたのである。

(なるほどな……こうやってアイアンゴーレムがリポップしているわけだ)

この土のエリアでアイアンゴーレムが出てくることが不思議だったんだが、その理由はこの素材の取捨選択にあったわけだ。

恐らく土の中にある鉄成分だけを選んで取り込むことができるから、このエリアでもアイアンゴーレムの生成が可能になっているんだろう。

ということは、できるのはアイアンゴーレムになるわけか……?

どんどんと鉄で覆われていく核を眺めていると、最終的にさっき戦っていたのより二回りほど小さなアイアンゴーレムができあがった。

見たことないものを弄ったからちょっと不安だったが……どうやら問題なく動いてくれたようだ。

サイズは大体、アイリスやルルよりも小さいくらいだ。

デフォルメされたゴーレムみたいで、マスコットみたいな趣がある。

「んご〜〜っ！」

グッと腕を折って力強さを見せつけてくる。

どうやらやる気は十分のようだ。

……いや、多分設定された通りに動いてるだけなんだろうけど。

「ゴーレムの主人は俺でいいんだな？」

「んご」

「それじゃあ最初の命令だ。彼女達の権限を主人である俺と同じレベルまで引き上げるように」

「んごごっ！」

「……という感じだ。とりあえず言うことは聞くから、矢除けにするなり壁にするなりして使っていこう」

「わかったわ。わかってないけど、わかったわ」

「あ、エルザさん考えたら負けって顔してる……」

こうして俺達のパーティーは新たに魔導ゴーレムを加え、第二階層へと下りていくのだった。

「これ、普通の冒険者だとしんどそうだな……」

第二階層に下りてみると、その基本構造は第一階層とさほど変わらなかった。

変わったのは魔物の種類と、罠の出現だ。

第一階層ではストーンゴーレム・サンドゴーレム・アースゴーレムがほぼほぼ均等に出現していた。

けれど第二階層では彼らは全て姿を消し、代わりにアイアンゴーレムがばんばか出てくるようになった。

今のところ、他の魔物が出てくる様子はない。

単独行動をしている個体は少なく、中にはアイアンゴーレムが三体で群れをなしていることもあった。

一体一体の強さはせいぜい銀ランク上位ではあるが、ここまで大量のアイアンゴーレムが出現するとなると話は別だ。

複数のアイアンゴーレムと戦うには金ランク程度の実力は必要だし、しかもアイアンゴーレムの数自体も決して少なくない。

この層を安定して探索するためには、『戦乙女』と同等のミスリルランクくらいの実力は必要なように思える。

そして変わったのはゴーレムだけじゃない。

第二階層になると罠も容赦なく出てくるようになった。

足下にあるスイッチを押したら毒矢が襲いかかってきたり、火炎放射が飛び出してきたり……

ライザ曰く罠としては単純なものばかりのようだが、素人の俺では見分けるのも一苦労だ。

アイアンゴーレムと戦闘になってしまえば、罠を見つけながら戦うのは不可能に近い。

そんな中で俺らの探索に予想外に貢献してくれたのは、俺が作ったあのミニチュア魔導ゴーレムだった。

「んご～っ！」

ミニゴーレムの右ストレートが、アイアンゴーレムの胸部に突き立つ。

右ストレートでぶっ飛ばされたアイアンゴーレムは一撃で核を破壊され、その活動を停止させた。

「んごっ！」

どうやら俺が回路を弄ったせいでかなり強くなってしまったらしく。

本来なら第二階層のアイアンゴーレムより若干弱いくらいに調整されていたっぽいミニゴーレムは、匠の手（自画自賛）によってアイアンゴーレムを一撃でぶち飛ばせるくらいに強くなっていた。

身体が小さいおかげで小回りも利き、スピードも普通のゴーレムの倍近くはある。

そして全身が鉄でできたこいつは、当然ながら毒矢だろうが火炎放射だろうが痛くもかゆくもない。

なので遠くの、まだ罠の発見が見つかっていない場所にもとりあえず突貫させることができる。

こいつのおかげで俺達の探索はむしろ第一階層と比べても順調に進んでいるほどだった。

「なんだか私の常識がどんどん壊れていく気がするわ……」

「考えたら負けよ、エルザ」

「ていうかさ、ずっと見てたらなんだか愛着湧いてきちゃったな……ねぇタイラー、この子の名前とか決めないの？」

ウィドウにそう言われて、核を持ってこっちにやってくるミニゴーレムを見つめる。

つぶらなモノアイは最初は不気味だと思っていたが、たしかに見慣れたからかちょっとかわいく見えないこともない。

「名前、そうだな……あかりとかどうだ？」

「この子、女の子なの……？」

「いや、冗談だ」

俺はゴーレムに名前をつける必要はない派だ。

物に愛着が湧きすぎると、たいていの場合ろくなことにならない。

特にゴーレムなんて核さえあれば作れるんだから、使い潰すくらいの気持ちでいた方がいいんだ。

前にゴーレムをペット感覚でかわいがっていた時には、痛い目を見たからな……。

「ミニゴーレムだからミニゴとかでいいだろ」

「適当ね……まあ、いいんじゃない？」

というわけで名前がミニゴに決まり、そのままサクサクと探索を続けていく。

基本的に敵が一体だったらミニゴが片付け、二体以上なら俺達も戦う。

このスタイルが確立されたことによって、第一階層より体力を温存したまま探索を進めることができた。

どうやら広さも第一階層と比べると狭いようで、あっという間にマッピングも終わる。

第二階層はボスがいるけれど別に倒さなくても先に進めるタイプのようで、なんだか豪華な扉はあるもののそことはまったく別のところに下へ続く階段があった。

時刻を確認すると、まだ午後三時ほど。

道中あまり戦っていないこともあって、『戦乙女』のメンバー達もまだまだ元気が有り余っている。

「一度第三階層の魔物を確認したら、今日は終わりにしましょうか」

そう言うエルザに従って第三階層へと潜り……そして俺達は愕然とすることになる。

なんと第三階層には罠こそ大量に設置されていたものの……魔物の姿がまったく見えなかったのだ。

俺達はライザとミニゴに罠を解除（後者の場合は物理的に）してもらいながら、マッピングを進めていく。

事前の予想では、この階層ではアイアンゴーレムよりも強い金ランクに属するゴーレムが出るだろうという話はしていた。

魔法を使うマジックゴーレムか、より硬いミスリルゴーレムあたりを想定していたのだ。

だがそんな奴らは姿形もなく、第三階層はただのだだっ広い迷路になっている。

しっかし……迷宮の中に魔物がまったくいないなんてことが、ありえるのか？

「考えられる可能性を教えてくれ、エルザ」

「迷宮に魔物がいないパターンは私が知ってる限り二つあるわ。まず一つ目は、迷宮が完全に停止してしまった場合。迷宮は最奥にあるダンジョンコアと呼ばれる魔道具を壊すと、その機能が停止するようになっているの」

最奥にいるラスボスの魔物を倒すことができると、迷宮はその活動を止めるらしい。

それ以降迷宮では魔物がリポップすることはなくなり、迷宮はただのだだっ広い空間として使われるようになる。

空間拡張の機能そのものが消えるわけではないらしいので、世界にはかつて迷宮だった地下街なんてものも存在するようだ。

……ちょっと気になるな、後で時間を見て見に行きたくなるくらいに。

いかんいかん、話を戻そう。

現在の王国では、迷宮というのは神が人間に授けた試練ということになっている。

故にダンジョンコアを壊し迷宮としての活動を終わらせることに罰則はなく、むしろ奨励されているらしい。

資源として活用できる可能性があるが危険も孕んでいるため、迷宮を壊すかどうかの判断は領主によって異なるらしい。

「でも騎士団が中に入ってダンジョンコアを壊したのなら、私達に情報を伝えないはずがないわ。事前に腕利きが中に入って全てを終わらせてる可能性もゼロではないけど、位置取り的にオリハルコンランクの冒険者が来れるはずもないからこっちも無視できる」

「アイリスの言う通りよ。だから私は二つ目——ボスが、リポップする魔物を食べてる可能性が高いと思う……」

ボスの中には活動的な魔物も少なくない。

たとえば以前はボスであるワイバーンが迷宮内の魔物を食い荒らし、ボス以外にまったく魔物がいない階層なんてものもあったようだ。

ボスモンスターが魔物を食べる、か……。

だがここに出てくる魔物は、ゴーレムだよな？

だとするとゴーレムを食ってるってことになるが……いや、ないことはないか。

土属性のアースドラゴンあたりなら、ゴーレムの肉体を飲み込んでそこから魔力を抽出したりもできるだろうし。

そうなるとこの階層のボスは、危険極まりないやつってことになるな。

当初言っていた引くかどうかの判断をするタイミングは、思っていたより早く来そうだ。

「とりあえずまずは階段付近で調査を進めるのはどうかな？　第二階層まで引けば、ボスは追って来れないはずだし」

「それがいいでしょうね」

いざという時のために俺の魔力をなるべく温存しておこうということになり、とりあえずいつでも第二階層へ戻れるようにしながら、ゆっくりと調査を進めていくことになった。

そして数時間ほどあたりを回ってみた結果……やはり魔物は一匹たりとて見つけることができなかった。

皆を一度屋敷に戻してから俺が単身で確認してみたところ、扉を開いた先に待ち受けているはずのボスさえいなかったのだ。

ボスを倒して進むタイプだったらしいが、扉を開いてもそこには魔物の一匹もおらず、ただ階段への道が一直線に続いているだけだった。

いったいこの迷宮で……何が起こってるんだ？

次の日、俺達は第四階層へ続く階段を下ることにした。

迷宮で異常が起きているのは間違いない。

なので一度地上まで戻って、この情報を伝えるべきじゃないのかという話も出たんだが……調査依頼を請け負った以上、異変の正体まで突き止めておかなければ依頼は達成されたことにならない。

まあそれに一応、転移魔法って裏技もあるしな。

なので危険は承知の上で、俺達は第四階層へ下りるという結論を出したのである。

「一気に景色が変わるんだな」

第四階層は、第一～第三からは想像もつかないような広原が広がっている。

見晴らしも良く障害物らしい障害物もないため、周囲の景色はよく見える。

「でもやっぱりここにも、魔物はいないわね……」

迷宮の魔物が階層間を行き来することはできない。

第三・第四と二つの階層にまたがって魔物が出てこないとなると、ボスというより迷宮そのものに原因があると考えた方が良さそうだな。

しっかしこの階層にも……ん、なんだ、この感覚……。

バツンッ‼

突如として、俺の中にある魔力が弾ける。

そして倦怠感に似ただるさが、わずかに身体の動きを鈍らせた。

体内にある魔力が、なんらかの干渉を受けている。

魔法がまったく使えなくなったわけじゃないみたいだが……っておいおい、嘘だろ――。

「――テレポートが使えなくなった！　全員、戦闘態勢に入れ！」

俺の言葉に『戦乙女』が即座にフォーメーションを組む。

いつどこから襲撃があってもいいように周囲に目を光らせていると……俺達の目の前に、突如として小さな影が現れた――。

転移魔法が使えなくなるのは、可能性として考えなかったわけじゃない。

言うても俺が死んだより先の未来技術で作られた施設だ、何が起きてもおかしくはないしな。

魔法を発動前に霧散させる魔導ジャミングなんかも、実用レベルには達してなかったけど理論だけならあったはずだし。

「ン？　今度はゴーレムじゃなくテ、ニンゲンがワいたのか？」

目の前に現れたのは、少なくとも一度も見たことがない魔物だ。

その見た目は、人間によく似ている。サイズは小柄で、大体アイリス達と同じくらいだ。

見目が下手に人に似ているが故に、その異様さがより目についた。

皮膚の上には、強引に接合したように土がついている。

土の鎧を身に纏っているような感じなのだが、土自体の粘度が低いからか少し身じろぎをする度にボロボロと土がこぼれ落ちていく。

けれど崩れた時には既に下からまた新たな土が生まれていて、鎧が維持され続けているようだ。

こいつ……絶えず土魔法を使い続けてるのか？

一回硬化させりゃいいだろうに、なんて非効率な魔法の使い方を……。

「マァ……食えればなんでもいいカ」

その爛々と光る瞳には、狂気を孕んでいる。

どうやら言語を解するだけの知能はあるらしい。

迷宮の異常の原因は間違いなくこいつだろう。

というかこいつ……どこから湧き出してきた？

「ヘルファイアプラスウィンドバースト――フレアテンペスト」

既に臨戦態勢に入っていた俺が、いつでも発動できる状態にしていた魔法を発動させる。

赤と緑の宝玉が光り、炎と嵐が混ざり合いながら火災旋風を巻き起こす。

「ぐうあああアアあっっ‼」

耳障りな叫び声が聞こえてくる。

喉の奥にも土が入っているのか、声はどこかくぐもっていてざらついている。

「ちぃっ、こいつ――っ！」

土男がグッと右の腕を上げ、何かを引き起こすような動作をした。

すると地面が動き出し、そのままぐにゃりと土の壁を生み出す。

見た目からも明らかだったが、やはりこいつは土魔法を使えるようだ。

暴威を振り撒き続けているフレアテンペストを、土の壁が防いでいる。

どうやらかなり硬く作られているようだ。

短時間であれとなると、土魔法の練度はかなり高いと見ていいだろう。

それなら次はもう少し破壊力か貫通力のある魔法を――。

「シイィィッ‼」

「――なっ⁉」

背後から突如として聞こえてくる声に、急ぎ首だけを動かす。

するとそこには、土の壁の向こう側にいるはずの土男の姿があった。

男が振りかぶって放つのは右腕の一撃。

ドリルの形に変形している腕が、回転しながらこちらへ迫ってくる。

(嘘だろ、こいつ……迷宮を潜ってきたのかよ⁉)

通常迷宮は魔法でいじれないようになっている。

床の土を変形させることはできても、その中に潜行するようなことは土魔法でもできないはずだ。

「サンクチュアリ」

俺が選択したのは、迎撃ではなく防御だった。

相手の攻撃手段が完全に判明しているわけではない現状では、何より攻撃を食らわないことが肝要だからだ。

聖属性の白の指輪が輝き、聖属性魔法のサンクチュアリを展開。

振り下ろされた右腕の一撃を受け止める。

回転させることで攻撃力を増している土のドリルの一撃を、結界は確かに防いでみせた。

しかし――

ギャリギャリギャリギャリッ‼

衝撃自体は受け止めることができたものの、そのまま高速回転を始めるドリル。

先端に集約された貫通力が、サンクチュアリにギシギシと悲鳴に似た音を発させる。

ものすごい勢いで結界を削るドリルを観察しながら、削られた先から魔力を追加していく。そこまで速度はないが、このままだとそう遠くないうちに魔法は破られるだろう。

防御を貫く手段がある以上、防ぐことより躱すことを意識した方がよさそうだ。

けれど俺は魔法が破られるギリギリまで、サンクチュアリを維持し続けた。

パリィンッとガラスが割れるような音が鳴り、結界が破れその欠片が散っていく。

そのままドリルが俺目掛けて飛んでくる——ことはなかった。

「んごっ！」

「させないっ！」

他の奴らも、当然俺と土男の戦いを黙って眺めていたわけじゃない。

皆意識を集中させ、割って入るタイミングを窺っていた。

俺と土男の間に割って入ってきたミニゴが、ドリルを当てるために伸ばしきった右腕にアッパーを放つ。

そして完全に俺に注意が向いていた土男の背後から、ウィドウが襲いかかった。

完全に意識の空白をついた一撃だ、土男にこれを避ける術はなかった。

ミニゴの一撃が、右腕を弾き飛ばす。

そしてウィドウの一撃が、男の背中を大きく裂いた。

こちらから見える腕の断面は少し湿った土のような茶色で、血が流れている様子はない。血液が流れてないってことは、恐らくゴーレムのような個体になるのだろう。

「ちいいイいっ‼」

腕が取れ、背中に大けがをしても男に苦痛の色はない。

恐らくはスライムやゴーレムと同様、身体の中にある核を傷つけない限り倒せない身体の作りをしているのだろう。

「な、ナんで……なんで俺がツくってないゴーレムがここにいる！　俺はボスモンスターを超えたボスモンスター！　俺が神デ、神は俺ダ！」

男はそのまま大きく飛び上がった。

するとすぐに、先ほどまで頭があった位置にアイリスの放った矢が飛んでくる。

狙いを外したアイリスの舌打ちの音が聞こえてきた。

ていうかさっきからこいつ、何を言ってるんだ……。

支離滅裂だし、さほど知能が高いわけではなさそうだな……と考えていると、突如として男が頬を膨らませる。

そして口裂け女のようにありえない開き方をした口から、何かを吐き出した。

あれは――核か？

すると核の周囲をぐるりと囲むように、地面が淡く輝きだす。

そして見たこともない魔法陣が空中に現れると、核がズブズブとダンジョンの内側へ潜っていく。

「出でヨ、アイアンゴーレム！」

「――おいおい、嘘だろっ⁉」

咄嗟に横に飛んだ俺のローブに攻撃がかすり、思わず身体が持っていかれそうになる。

威力の乗った一撃を放ってきたのは、突如として迷宮に出現したアイアンゴーレムだった――。

魔法陣から現れたのは、合わせて五体ものアイアンゴーレムだ。

五体とも新たに生み出されたからかその全身はピカピカで、どこから降り注いでいるのかわからない陽光を、キラリと反射している。

第二階層で相手をしていたアイアンゴーレムよりも二回りほどサイズが大きい。

ミニゴに対抗して作ったってことなんだろうか。

「にしても……ゴーレムをあんなにすぐに作れるのか……」

それに今……口からゴーレムの核を吐いたよな？

こいつは自分のことをボスモンスターと言っていた。

とするとこいつは第四階層のボスモンスターで、ゴーレムを生み出す能力を持っていると考えるのが妥当な線だろう。

体内にいくつもの核を仕込んでいると考えると、今後追加でゴーレムを出される可能性もある。

となると、さっさと決着をつけた方が良さそうだな。

「この俺……マディ様のゴーレムの方が強イ！」

そう言うと五体全てのアイアンゴーレムは、俺と『戦乙女』を無視してミニゴの方へと駆けていく。

どうやらこの土男は、マディという名前らしい。どうでもいい新情報だな。

にしても、こいつのミニゴへの異常な執着はなんなんだろうか……まあ俺らとしては標的がミニゴに集中するから助かるんだが。

俺は今のうちにとエルザに耳打ちをしておくことにした。

「あの土男――マディは俺がやる。エルザ達はミニゴを守りながら上手いことゴーレムを処理し続けてくれ」

「……わかったわ。でもさっさと片付けたら、私達も加勢させてもらうから！」

俺は頷いてから、星属性魔法のドラフティングを発動させる。

そして空に浮かびながら、周囲の様子を見渡していく。

ちなみに高度を上げてもテレポートは使えるようにならない。

知らなかったが、ラスボスからは逃げられない……ってところだろうか。

確認するが、他に敵影はなし。

扉はおろか階段も見当たらない。

もしかするとここが、最下層なのかもしれない。

だとしたらあのマディがこのダンジョンのラスボスということになるんだろうか。

……いいじゃないか、年甲斐もなく燃えてきたぞ。

「ウィンドバーストプラスタイダルウェイブプラスガイアストラッシュ――グラウンド・ゼロ」

風・水・土の複合魔法であるグラウンド・ゼロを上空から放つ。

暴風を伴う濁流が、こちらを見上げるマディへと激突する。

俺は魔法の陰に隠れる形で、土男へ一息に接近することにした。

少なくともこいつの意識は、完全に俺に釘付けにしておく必要がある。

魔法剣士としてどこまでやれるか……少し、試してみるか。

「シッ！」

両手で大剣である『魔導剣シャリオ』を構えるため、『賢者の杖』をしまった。

火力は『賢者の杖』プラス指輪の純魔法装備の方が出るんだが、今はオールレンジで戦えるこちらの魔法剣士型の装備の方が向いてるだろう。

全身を循環する魔力を高速で回しながら、剣を振りかぶる。

唸りを上げながら振り下ろされた大剣が、未だ頭上に意識を向けているマディの足を片足だけ断ち切った。

「ちっ、硬いな」

「――っ⁉」

どうやら身に纏っている鎧はかなり硬いようで、右足は抜けたが一撃が左足の鎧を裁ちきれずに止まってしまう。

けれどさっきミニゴの一撃で腕を飛ばすことはできていた。

なので硬いのは鎧だけで、内側の肉体の強度はそこまでないのだろう。

となると、鎧の継ぎ目を狙う戦法が有効そうだな。

「こざかしい真似ヲ――」

右足を断ち斬られ、マディの体勢が崩れる。

けれど空間を埋めるように即座に土が生み出され、重心がすぐに元に戻った。

相変わらずダメージを受けている様子はない。

まずは核の位置を探す必要がありそうだな。

「卑怯者メ！」

「どっちがだよ」

柄を浅いところに持ち替え、更に出力を上げていく。

シャリオで鎧の継ぎ目を狙うのは難しい。

ここは魔法と剣の併用でいかせてもらおう。

剣を構え、突撃する。

土男は俺に合わせてか手の形を剣に変えていた。

気付けば両腕の肘から先が、剣の刃先になっている。

迷宮産ゴーレムと同じく素材の選別ができるからか、剣は黒く鈍い光を放っている。

シャリオをぶつけると、あっさりと腕の剣は断ち斬ることができた。

得物では、大分こちらに分があるようだ。

「ナンダ、その剣は！」

「——シッ！」

俺は問いに答えることもなく、そのまま連撃に移る。

柄を持ち替えた分威力は落ちるが、その分手数で勝負だ。

右からの攻撃を左に流し、そのまま一撃。

上からの振り下ろしをピタリと制動させ、そのままV字に斬り上げる。

当たる攻撃もあれば外れる攻撃もある。

だがなんとなく相手の呼吸と戦い方が見えてくる。

持っているのが大剣の分、スピードではあちらに若干分がある。

身体強化がもう少し上手く使えるようになってれば、魔法なしでも良い勝負ができてただろう。

俺もまだまだ鍛錬が足りないな。

「——食らエっ！」

マディが即座に再生された腕の剣で、攻撃直後のこちらの脇を狙いに定める。

——残念だったな、こちとら魔法剣士なんでね。

「ファイアボム」

「グアアアアッッ‼」

こちらに一撃を当てられることを確信していたからか、やや無防備だった上半身目掛けて炎の爆弾を爆発させる。

その爆風で遠くへ吹っ飛ばした瞬間、ドラフティングを使って背後へと先回りする。

「そお、れっ！」

大きく後ろに反り返りながら勢いをつけ、斬撃を叩きつける。

よしっ、今度は良いのが入ったぞ。

内心でガッツポーズをしながら、後ろ側から思い切り叩き斬られたマディの身体を見つめる。

今回の一撃は鎧を完全に断ち切り、内側までしっかりと刃を通していた。

流石に真っ二つにすることはできなかったが、ダメージが入ったからか苦悶の声をあげている。

しかし……これでもまだ死なないか。

攻撃の手は緩めず、そのまま連撃の姿勢に入る。

一度深呼吸をして、視力を強化。

マディの鎧の継ぎ目と身体の動きを、何一つ見逃さぬように意識を集中させる。

剣を振ると、純粋な速度ではあちらに分がある。

故に俺の剣が届くより、相手の剣がこちらへと当たる方が早い。

だからこそ魔法を使って、その隙を補っていく。

「ファイアアロー」

「あぎっ！」

「ウォータージェットカッター」

「うぐっ⁉」

「アースランス」

俺には無詠唱魔法は使えない。

だが詠唱破棄を使った魔法の速度は、マディの出せる速度を優に超えている。

中級魔法を連打し続けながら、とにかく振りと振りの間に生まれる隙を埋めていく。

そして逆に相手の隙を作ってやり――

「そこにデカい一撃を、ぶち込んでやればいいいっ！」

今度は真正面から、マディの頭部を叩き潰すような一撃を放つ。

後ろからと前から二度の重たい斬撃を食らったことで、とうとうマディの身体が二つに裂けた。

これで核でも見えればもうけもんだと、そんな風に思っていたんだが……。

マディの身体の中心部――人間でいうところの心臓のあたりから覗くものを見て、俺は頭が真っ白になった。

おい……どうしてお前が、それを――

「おいてめぇ」

「あがあっ⁉」

マディの身体を切り刻み、焼き焦がしながらも、俺は尋ねずにはいられなかった。

「てめぇがなんでそれを――『賢者の石』を持ってる？」

二つに裂かれたマディの胸から出てきたのは、虹色に光る宝玉だった。

そこに見えたのは間違いなく、俺の『賢者の杖』にもついている万能の石――『賢者の石』だった。

しかもあれは間違いなく、メルレイア師匠が作り出したものだ。

その魔力の波長や石に浮かぶ波紋を見れば、一目でわかる。

俺が間違えるはずがない。

「俺は、ダンジョンコアを食ベテ、ボスを超えるボスになっタだけだっ‼」

胸にある『賢者の石』が輝いたかと思うと、マディの身体の断裂が一瞬のうちに修復されていく。

そして腕から先はこれまでのものより美しい、白く高貴な輝きを宿すようになる。

あれは……ミスリルか？

となるとこれで、得物のグレードは同じになったわけだ。

しかし近接攻撃だとなかなかダメージが通らない。

魔法だとどうなるかを考えるためにも、一度『賢者の杖』を使っておくか。

俺は『魔導剣シャリオ』をしまいこみ、『賢者の杖』を取り出して即座に魔法を発動させる。

「フレイムランスプラスウィンドショット――バーストランス」

炎の槍と風の弾丸を組み合わせ、内側に風の暴威を込めた爆発の槍を生み出し、魔力による推進力で投擲する。

着弾、同時に爆発。

あちら側の動きは見えないが、これだけで倒しきれるとは俺も思っていない。

今はただ少し、考える時間がほしかっただけだ。

（なるほど、ダンジョンという巨大な魔道具を動かし続ける動力源は何なのか、ずっと疑問だったんだが……ダンジョンコアが『賢者の石』だというんなら納得がいく）

魔力の根源を司ると言われている『賢者の石』は、作成に成功した師匠ですらその全貌が掴めていなかった謎多きアイテムだ。

　だがその内側にはとんでもない量の魔力が内包されており、更に周囲の魔力を取り込むこともできるため、やろうと思えば魔力含有量は際限なく増えていく。

（『賢者の石』を使いダンジョンの周囲の空間から魔力を取り込み続け、それを使って魔物や宝箱を生産する……となるとさしずめ、魔物牧場や武器生産工場ってところか？）

　そのダンジョンのエネルギー源であるダンジョンコアを、あの魔物は食べたのだという。それだけ大量の魔力があるのなら、なるほどあれだけ無駄な魔力の使い方をしているのも頷ける。

　ああやってバカバカ使わないと、魔力に耐えきれずに身体が崩壊するだろうしな。

「グ……なんで、俺ガ……俺ガアアアアアッ‼」

　煙の向こう側から、ボロボロになったマディが現れる。

　わずかに露わになった『賢者の石』が輝き、その身体を急速に修復しているのがわかった。

　マディが己の頭を掻き抱くように、両腕を上げる。

　すると一瞬のうちに土がたわみ、隆起する。

　地面から生み出された山のような針がマディの周囲に展開されていき、俺は結界魔法を使ってその攻撃を防いだ。

（魔法の威力も上がってるな……）

　先ほどの自分の手をドリルにして放つ一撃は簡単に防ぐことができたが、結界を貫通するまでには時間がかかっていたものの、今放ってきた土の針の魔法は既に俺の障壁を何本か貫通している。

頬を撫でると、顔の横に飛んできた針が軽く皮膚を破っていた。

赤い線を指先でなぞりながら、俺に傷をつけられて悦に浸っている様子のマディを観察する。

先ほど足を断ち割った時と比べても、修復の速度が上がっているように思える。

今では既に先ほどの魔法のものどころか、最初にウィドウやミニゴにつけられた全ての傷も完治しており、マディは万全な状態に戻っていた。

明らかに戦闘初期と比べても強くなっている。

理解していなかった『賢者の石』の使い方を、実戦の中で身に付けているってところか……?

無限の回復力を持つくせに、戦う度に強くなるというサイヤ人特性まである。

おまけに『賢者の石』は俺の手持ちの魔法だと壊すことはほぼ困難と来た。

正攻法で戦うのは難しいな……と考えたところで、周囲の状況を確認する。

俺がマディのことを剣で吹っ飛ばしまくっていたので、既に『戦乙女』達の姿は見えなくなっている。

けれど耳を澄ませば、金属音が聞こえてくる。どうやら未だ戦闘は継続中のようだ。

何か突破口はないか……戦いの中に糸口を探すために、とにかく魔法を放ち続ける。

けれど魔法を使っても、すぐに回復されてしまうだけだった。

幸い、マディ自体の戦闘能力はさほど高くはない。

となるとやはり『賢者の石』をなんとかする必要があるだろう。

より接近して機を窺うために、敢えて再びの魔法剣士スタイルを取らせてもらう。

死中にしか、活を見出すことはできない。

マディの戦い方は、明らかに洗練されてきていた。

おまけに憎たらしいことに、俺の戦い方まで真似し始めてくる。

腕の剣を使いながら、細かく土魔法を使って隙を埋めようとしてくる。

土の槍や土の剣を無視することもできず、そこに対応するためにある程度意識を割かざるを得ない。

土が飛び交う中を、果敢に攻め立てる。

一撃が重たい俺は、当てるために工夫が必要だ。

小技の魔法を使い相手の動きを誘い、視線やフェイントで相手の行動を誘導し、攻撃を誘発させる。

カウンター気味に攻撃を放てば、威力に勝る俺の方に圧倒的に分があった。

当然ながら俺も無傷ではない。

マディの細かい攻撃の全てを捌ききることはできず、全身には傷が増えていく。

致命傷は避けるように戦っているため、大きな裂傷にしか回復魔法は使わない。

こっちは傷だらけだが、あっちは傷一つない。

どう考えてもガス欠になるのはこちらが早い。

（一応手は思いついてるんだがな……）

マディを倒すための策はある。

けれどそのためには相手にとてつもない一撃を加え、更にリスクを取る必要がある。

おまけに失敗すれば手痛い反撃を食らって、敗北コース一直線だ。

だが……やるしかない。

（……っと、ドラフティングの効果が切れたか）

身体の内側にあったわずかな浮遊感が消える。

魔法戦をするなら再使用すべきだが……俺は作戦を遂行するために魔力を節約することを決めた。

『魔導剣シャリオ』に魔力を流し込みながら、己の肉体を活性化させていく。

気のせいか、身体の動きのキレが上がってきている。

極限状態にあるが故か、相手の動きがどこかゆっくりと見えるようになってきた。

「シッ！」

裏拳の要領で叩き込まれたマディの左の一撃を、剣の腹で弾く。

すると俺の死角を衝くように土の礫が飛んでくるが、これを更に身を引っ込めることで防御。

そこを狙って放たれた右の一撃を事前に読み、その位置に風の刃を置いておく。

キンッという硬質な音を聞きながら、剣の腹を横にして叩きつける。

「おおおおおおっっ‼」

マディの腹部を直撃した大剣をそのままフルスイングで振り抜き、思い切り吹き飛ばす。

そのまま身体強化を使い、駆ける。

まるでアスリートになったかのように、身体が軽い。

全身の細部にまで意識が向き、躍動する筋肉から、筋繊維の一本に至るまで、身体の全てが手に取るようにわかった。

駆けていき、倒れ込むマディに振り下ろしを叩き込む。

マディは腕をクロスさせることで必死になって押さえ込もうとするが、勢いをつけた俺の振り下ろしの方が威力が高い。

マディの腕にそのまま食い込んでいき、更にその上にのしかかるような形で剣が突き刺さる。

勢いそのままに剣を腹に押し込み、地面に縫い付けるように突き立てた。

そこで俺は――『魔導剣シャリオ』を手放した。

そして即座に『賢者の杖』を取り出し、マディから距離を取る。

十の指輪全てが輝き出し、発動用意を事前に調えていた俺が出せる最大の一撃を放つ。

以前ふと気付いて、気になったことがある。

ディスグラドと地球。

二つの世界の星と関わり合いを持つようになったことで、俺の星魔法の性質は変わったのだろうか、という疑問だ。

試してみると……気付いていなかっただけで、実はいくつかの変化を遂げていた。

まず第一に、星魔法そのものへの適性が上がったことがあげられる。

これは恐らく、母星を二つ持つようになったのが大きいのだろう。

ディスグラドと地球それぞれの星の力を利用することができるようになったことで、星魔法を使っても消費する魔力が大きく減ったし、それとは逆に持続時間や効果時間の方は延びていることがわかった。

そして二つ目。

母星を二つ持ち、二つの星を行き来することができるようになったことで、ディスグラドと地球の間に魔力のパスとでも言うべき道がつながった。

そしてディスグラドと地球という二つの星が関係性を持つようになったことで、俺の身体自体もより星の影響を受けやすいものへと変わっていたのだ。

以前と比べて明らかに魔力量が多いのも、恐らくはこれに原因があったのだろう。

そして二つの星の影響を受けたおかげで、俺は前世の頃は使えなかった、ある魔法が使えるようになっていた。

前世の頃はあれほど焦がれてたまらなくても使えなかったが、過去の未練を断ち切ってから使えるようになるのがわかるというのは、なんという皮肉だろう。

だがこうしてラスボスを倒すのに、これほど相応しい魔法もないだろう。

「――メテオッ！」

音速を超えて、音を置き去りにして飛来する隕石。

プチメテオと比べてもサイズが大きく、人間大はあろうかという大きさの飛翔物が、寸分違わ

ずにマディ目掛けて墜ちてくる。

「い――嫌だっ！　俺ガ――魔王ニなった俺ガ、こんなところで、終わるわけが――」

赤と金の混じったような炎を宿し、流れ星のように尾を引きながら落下するメテオの魔法。腹に剣を突き立てられ身動きが取れなくなっているマディは、慌てたように何重にも土の壁を展開していく。

残った魔力でドラフティングを使い空に避難した俺は、降り注ぐ星がその質量をマディへとぶつける瞬間を見届けた。

一瞬のきらめき、そして――

ゴオオオオオオオッッ‼

まるで世界そのものを吸い取ってしまうほどの強力なバキューム機が大気を吸い込んでいるような音が轟き、それに少し遅れる形で衝撃波がマディの周囲をバキバキと音を立ててへこませていく。

ドラゴン相手に放ったプチメテオが嘘のような威力に、思わず俺の顔がひくついた。

土埃が収まるのを待たず、俺はそのまま地面に打ち付けられているマディの下へ飛んでいく。

残念ながらマディと共に隕石の落下を受け止めた『魔導剣シャリオ』は完全に壊れており、その破片が爆心地を中心にして飛び散っているだけだった。

上手く剣を避ける形で当たってくれていたようで、マディの上半身は完全にはじけ飛んでいた。下半身も千々に散り、そこらに落ちている土と見分けがつかなくなっている。

だが……

「やっぱりこれでも、壊せないか……」

『賢者の石』はまったくの健在であった。

傷一つついた様子もなく、キラキラと虹色の光を瞬かせている。

ここまでの攻撃を食らえば流石にマディもすぐの再生は難しいらしい。

けれど完全に倒しきれてはいないようで、まるで元あった場所に戻ろうとするかのように、千々にちぎれ飛んだマディの肉体が『賢者の石』目掛けて集まろうとしていた。

当然ながら、もうあいつと戦うのはごめんだ。

俺は地面に無造作に転がっている『賢者の石』を拾い上げる。

そして自身の魔力を流し込んでから、それを増幅させる。

『賢者の石』には不慮の事故を防ぐための安全装置として、所有者権限が存在している。

まあそこまで大層なものではないのだが、新たな持ち主を認識させるためにはこいつを自身の魔力に馴染ませる必要があるのだ。

すると『賢者の石』は問題なく俺を新たな持ち主として認めてくれた。

己の生命の危機を感じたからか、マディだった欠片達の動きが心なしか速くなった。

残念だったな。

『賢者の石』はたしかに万能の石だが、少なくともただ魔物を強化させるために使うには過ぎた代物だ。

それに師匠の置き土産を……お前なんかに渡してたまるか。

俺は『収納袋』に『賢者の石』を入れ、そしてこちらに向かってくるマディの欠片達に手を向けた。

「じゃあな」

そして魔力を練り上げ、広範囲を炎で焼き尽くすフレアテンペストを使い、周囲に残っているマディの残骸達を焼き上げる。

欠片も残さず焼き切ったつもりだったんだが……よく見ると、何か赤い宝石のようなものが残っていた。

これは……マディの核の破片か何かだろうか？

まあ一応は素材になるだろうし、持っていっておくか。

「おっとと」

しゃがみ込んで核を手に取ろうとすると、思わず立ちくらみがした。

メテオを放ったことで、俺の魔力は既にすっからかんだ。

立ちくらみに寒気……完全に魔力欠乏症の症状が出始めている。

まあ、限界を超えて魔力を使ったからな……こうなるのも当然のことではある。

「ちょっとタイラー！　タイラー！」

ぼうっとしていると、遠くからアイリスの声が聞こえてくる。

強烈な眠気に瞼を擦っていると、気付けば彼女は俺のすぐ近くにまでやってきていた。

「タイラー、あんたまた無理して、私達のために……」

　さっきからなんだかあったかいと思っていたが、どうやらアイリスに手を握られていたようだ。

　それに身体もぽかぽかしている。どうやら抱きつかれているらしい。

　なんだか良い匂いがしてくるような気もするが、感覚が曖昧になっているせいなのかよくわからない。

「悪いアイリス、疲れたからちょっと寝るわ……」

「膝枕？　それとも添い寝？」

「ひざまくらで、たのまい……」

　なんとも情けない一言を絞り出してから、俺はそのまま意識を失った――。

　結局あの後、俺は半日近く眠っていたらしい。

　アイリスはその間ずっと律儀に膝枕を続けてくれていて、そして残る『戦乙女』のメンバー達は第四階層の調査に精を出していたということだった。

　俺が眠っている間に行われた半日にもわたる調査で、この迷宮の調査はひとまず一段落ということになった。

　というか迷宮自体を完全に踏破してしまったから、これ以上はすることがないのだ。

　この迷宮は全四階層で構成される、比較的規模の小さな迷宮だった。

　そしてあのマディとか言うやつはラスボスで、第四階層の最奥にある祭壇で待ち受けている魔物だったようだ。

祭壇をどれだけ探しても、ダンジョンコアは見つからなかった。

マディが言っていた通りダンジョンコア――つまりは『賢者の石』を取り込んだからだろう。

そして迷宮の機能の一部を使えるようになったからこそ、あんな風にアイアンゴーレムを生み出すことができるようになったんじゃないだろうか。

まあ今となってはたしかめる術はないんだけどな。

この迷宮は、既にダンジョンコアを失っている。

つまり既に、迷宮としての活動は終わってしまっているのだ。

第三階層のように魔物が湧いてこない階層があるのは、攻略された迷宮で良くあることなのだという。

結局マディがなんだったのかは、最後までわからずじまいだった。

ダンジョンコアと『賢者の石』にはなんらかの関係があるのだろうし、あいつの言っていた魔王という発言も気にかかる。

そもそも最奥で待ち受けるはずのラスボスがなんで勝手に出歩くのかもわからないし……なんとなくだが、これら全てにはなんらかの相関があるような気もする。

けれどそこらへんの詳しい事情は、知っても損しかなさそうなので、俺はノータッチを決め込むことにした。

触らぬ神に祟りなしとは、昔の人はよく言ったものだ。

さて、そうして無事マディを倒し迷宮から戻ってきた俺達だったが……当然のように、大騒ぎになった。

今回は迷宮から魔物が溢れるかもしれないという世間の不安や、他の領地からの窺うような視線、それに領主直々の指名依頼というトリプルコンボもあったので、以前のドラゴン騒動よりも更におおごとになっているようだ。

……え、なんで他人事なのかって？

そんなの俺がいつもの（功績を『戦乙女』に全部献上する）をやったからに決まってるんだよなぁ。

だがアンナやアイリス達が悲しむので、全てをばっくれてほとぼりが冷めるまで日本に待避することはしなかった。

できる男というのは、二度と同じ過ちを繰り返さないものなのさ。

「いやぁ、なべて世はこともなしってことかねぇ……」

俺はギルドに併設された看板のメニュー表を見て、にやりと笑う。

半額、半額、四分の一、半額。

目につく限りのメニュー、全てが通常であればあり得ないほどの割引がされている。

現在、イラの街は再び熱狂の渦に包まれている。

いつゴーレムの軍勢がやってくるのだろうかと、街で暮らす人達は漠然とした不安を抱えていた。

けれどその恐れが領主への不満や他領への逃亡へとつながる前に、全てを『戦乙女』が解決してくれた。

最近イラの街の内外でファンクラブ会員数が激増中の彼女達が綴った、新たな伝説の一ページ。

それに対して報いなければ、街の人達がどんな反応をするかはまったく想像もつかない。

というわけで今回は領主とギルドマスターが話し合いを重ねた結果、『戦乙女』は晴れてオリハルコンランクに昇格することになった。

これでこの街をホームにする、初めてのオリハルコンランクの冒険者が出たことになる。

当然ながら街は以前のあれが自治体でやる小規模祭りだったかと思うほどに、ドデカい騒ぎになっている。

どこへ行っても人で賑わい、そこに商機を見た商人達は領地をまたいでイラの街で商品を放出し、他領でファンクラブに入ったけれど一度も『戦乙女』を見たことがないという謎ファン達も、今回ばかりは彼女達を一目見ようとイラの街に押しかけている。

あちこちで謎の賭けが行われ、怪しげな物品がそこら中で売られ、衛兵達は必死になって飛び回っている。

まあ中でも嬉しいのは、どの店でも『戦乙女』の昇級にあやかって割引セールをやってることだな。

今回は領主とギルドの連名でタダ酒まで出ているので、財布の紐も緩む緩む。

緩んだところで半値なので、通常の倍食べたって酒代が浮く分安く上がる。

　そんなの、飲まない理由がないというものだ。

「よっこらしょっと」

『飲み放題！』という看板が提げられた樽からワインをジョッキに注いでから、鳥の魔物であるホロ鳥の香草焼きをつまみにちびちびと飲んでいく。

いやぁ、『戦乙女』様々だなぁ、本当に。

……え、俺はどうなったのかって？

決まってるだろ……銀ランクのままだよ！

今回ばかりは『戦乙女』に全ての功績を押しつけなければ、俺の平穏なだらだら冒険者生活が破綻してしまう。

　俺は誰でも知ってる有名冒険者なんかになりたくない。

　こうして安酒を飲みながら味の濃い早死にしそうな肉料理で腹を満たすことができれば、それだけで十分なのである。

「ふうぅ～～」

「あら、良いご身分ね。私達がどれだけ駆けずり回ったのかも知らずに」

　ギギギギギ……と壊れたゼンマイ人形のように首を回すとそこには、額に青筋を立てながら器用に笑みを浮かべているアイリスの顔があった。

　本当に怒っている時に、人は怒り以外の感情をその顔に浮かべるという。

　そういえば前にもこんなことがあったような気がする……。

前言撤回。

できない男タイラーは、同じ過ちを繰り返す愚かな男のようだ。

「いいから……来なさいっ」

いつものように耳を引っ張られるかと思って身構えながら目を閉じていると……むにゅんと柔らかい感触がやってくる。

恐る恐る目を開けると、そこには顔を赤らめながら自分の両腕で俺の腕を挟み込んでいるアイリスの姿があった。

恥ずかしがっているからか少しだけ頬が赤くなっていて、上目遣いでこちらを見つめるその瞳は少し潤んでいるように見える。

「膝枕くらいなら……いくらでもしてあげるからっ！」

「お、おぅ……」

されるがままに腕を掴まれギルドを後にする俺。

店を後にした瞬間、ギルドの中からとんでもない量のヤジと怒号とが響き渡ってくる。

そりゃあいきなり皆の前であんなことしたら、こうなるだろ……こいつ、まさか俺の嫌がることを、的確にやっているのか？

「もうっ……皆待ってるわ、早く行きましょっ」

「おう、そうだな」

今回もまた色々と迷惑をかけてしまったし。

一度地球に戻ってお礼の品も買ってきたから、皆に渡さなくちゃいけないし、ちょうど良いタイミングだろ。

いや、しかし……。

「なぁ、アイリス」

「な、なに？」

「目立ってるんだけど……腕、組まなくちゃダメ？」

「ダメよ、家に着くまで絶対このままなんだから」

「さいですか……」

がっちりと腕をホールドするアイリスの顔は、ゆでだこみたいに赤くなっていた。

そんなに恥ずかしがるなら、最初からしなきゃいいだろうに……。

人目は気になるが、ここで腕を振り払えるほど冷酷な男じゃない。

後のことを考えると、既に今から憂鬱だ。

まあそれでも、アイリスの温かい感触は決して嫌ではない。

なので俺は彼女と歩調を合わせ、いつもより少し歩幅を小さくしながらパーティーハウスへと向かうのだった——。

本書に対するご意見、ご感想をお寄せください。

あて先

〒162-8540 東京都新宿区東五軒町3-28
双葉社　モンスター文庫編集部
「しんこせい先生」係／「四志丸先生」係
もしくは monster@futabasha.co.jp まで

アラサー魔術師《まじゅつし》のゆる〜いハーレムライフ　〜異世界《いせかい》と現代《げんだい》を行《い》き来《き》してのんびり暮《く》らします〜

2024年6月2日　第1刷発行

著　者　しんこせい

発行者　島野浩二

発行所　株式会社双葉社
〒162-8540　東京都新宿区東五軒町3番28号
［電話］03-5261-4818（営業）　03-5261-4851（編集）
http://www.futabasha.co.jp/（双葉社の書籍・コミック・ムックが買えます）

印刷・製本所　三晃印刷株式会社

［電話］03-5261-4822（製作部）
ISBN 978-4-575-24744-2 C0093